Pauline Voss

Manfred Mai

Das verkaufte Glück

Der lange Weg der Schwa

© Michael Setz

Manfred Mai wurde 1949 in Winterlingen auf der Schwäbischen Alb geboren. Nach einer Malerlehre arbeitete er in einer Werkzeugfabrik. In dieser Zeit entdeckte er die Welt der Bücher und wurde über den zweiten Bildungsweg zu einem engagierten Lehrer und Autor. Bislang sind rund 150 Bücher von ihm erschienen, die in 25 Sprachen übersetzt wurden.

Manfred Mai

Das verkaufte Glück

Der lange Weg der Schwabenkinder

Mit Illustrationen von Henriette Sauvant

Ravensburger Buchverlag

Als Ravensburger Taschenbuch
Band 52551
erschienen 2015

MIX
Aus verantwortungsvollen Quellen
FSC® C114500
FSC
www.fsc.org

1 2 3 4 5 E D C B A

Postfach 1860, 88188 Ravensburg

Umschlag- und Innenillustrationen: Henriette Sauvant

Printed in Germany

ISBN 978-3-473-52551-5

www.ravensburger.de

Inhalt

Es muss etwas geschehen

Es dämmerte schon, als Jakob und sein Bruder Kilian auf ihrem Schlitten noch einmal den Hang am Waldrand hinunterfuhren. Sie überholten Leonhard, der sich auf den Bauch gelegt hatte, um schneller zu sein. Im Vorbeifahren johlte Kilian begeistert und klatschte vor Freude in die Hände.

„Festhalten!", rief Jakob.

Schon schanzten sie über einen Hubbel, landeten schräg auf einer Kufe und schafften es nur dank Jakobs Geschick, nicht im Schnee zu landen. Doch sie verloren so viel Schwung, dass Leonhard an ihnen vorbeisauste und vor ihnen unten ankam.

„Gewonnen!", rief er ihnen entgegen. „Ich war allein schneller als ihr zu zweit!"

„Dafür sind wir prima geschanzt", erwiderte Kilian.

„Das zählt nicht", sagte Leonhard.

„Doch!"

Jakob schwieg. Er ärgerte sich, dass Leonhard gewonnen hatte. Ausgerechnet dieser Angeber. Am liebsten hätte er den Schlitten noch mal den Hang hinaufgezogen und Leonhard zu einem Rennen herausgefordert. Diesmal ohne Kilian. Doch es war schon spät.

„Los, wir müssen heim und dem Vater helfen", sagte er zu seinem Bruder.

„Wenn ihr euch traut, können wir morgen wieder ein Rennen machen", stichelte Leonhard.

Kilian streckte ihm die Zunge raus. Das wagte er nur, weil Jakob dabei war.

Leonhard hob drohend die Faust. „Warte nur, bis ich dich allein erwische!“

„Wenn du ihm etwas tust, bekommst du es zurück“, warnte ihn Jakob.

„Vor dir hab ich keine Angst“, sagte Leonhard und machte zwei Schritte auf Jakob zu.

Sie standen sich gegenüber und einen Augenblick lang sah es aus, als würden sie sich gleich aufeinanderstürzen. Doch nachdem sie ihre Schlitten an diesem Nachmittag so oft den Hang hinaufgezogen hatten, fühlten sich beide zu müde für einen Kampf. Ohne ein weiteres Wort machten sie sich auf den Heimweg.

Unterwegs knurrte Jakobs Magen heftig.

„Hast du auch so Hunger?“, fragte Kilian.

Jakob nickte nur.

Daheim stand die Mutter am Herd und rührte in einem Topf. „Wo bleibt ihr denn?“, fragte sie vorwurfsvoll.

Kilian machte den Hals lang, um in den Topf zu schauen. „Ich hab Hunger“, sagte er.

Die Mutter schob ihn weg. „Jetzt gibt’s noch nichts. Erst geht ihr in den Stall und helft dem Vater.“

„Aber ich …“

„Komm!“, sagte Jakob, packte seinen Bruder am Arm und zog ihn mit.

„Lass mich los!“

Jakob ließ ihn los, und Kilian trottete murrend hinter seinem Bruder in den Stall.

Dort hatte Franz Ambross schon mit dem Ausmisten begonnen. Wortlos drückte er Jakob die Mistgabel in die Hand. Kilian ging ohne Aufforderung in die Scheune und holte in einem Korb Heu für die beiden Kühe. Der Vater setzte sich auf den Melkschemel, klemmte den Eimer zwischen die Knie und molk die erste Kuh.

Nachdem die Kühe versorgt waren, musste Jakob noch das Ferkel füttern. Als es ihn kommen sah, streckte es die Schnauze durch das Gatter und grunzte freudig. Jakob zögerte, bevor er den Eimer mit dem Schweinefutter, den ihm die Mutter gegeben hatte, in den Trog leerte. Er überlegte, ob er hineingreifen und eine Handvoll nehmen sollte. Doch als er die Nase über den Eimer hielt, wurde ihm von dem säuerlichen Geruch übel. Schnell kippte er alles in den Trog. Das Ferkel begann sofort schmatzend zu fressen. Jakob lehnte sich an die Wand, schluckte ein paarmal und atmete tief durch. Dann ging er mit weichen Knien zurück in die Küche und setzte sich schnell hin.

Kilian und Vroni warteten schon am Tisch. Theresia hob den kleinen Johannes auf die Bank und setzte sich neben ihn. Die Mutter stellte den Suppentopf auf den Tisch, richtete sich auf, fuhr sich mit dem Handrücken über die Stirn und drückte den Rücken durch, dass ihr Bauch noch dicker wurde. In diesem Augenblick kam Franz Ambross herein. Er blieb kurz in der Tür stehen und sah seine Frau an. „Ist was?“

„Nein, nein“, antwortete sie.

Schweigend setzte er sich an den Kopf des Tisches. Hermine Ambross schnitt von einem Kanten Brot drei dünne Scheiben ab und legte ihrem Mann und den beiden ältesten Buben je eine neben den Teller.

Die Eltern und die Kinder falteten die Hände. Nur Johannes griff gleich nach Theresias Löffel. Da nahm Theresia seine Hände und drückte sie zusammen.

„Wir beten jetzt“, sagte die Mutter zu Johannes und hielt ihre gefalteten Hände hoch. „Schau, so musst du die Hände falten, wie wir alle. Das weißt du doch.“

„Hannes essen“, babbelte der Kleine.

„Johannes!“, mahnte die Mutter.

Der Ton ließ ihn innehalten.

„Alle guten Gaben, alles, was wir haben, kommt, oh Gott, von dir. Wir danken dir dafür. Amen“, betete Franz Ambross.

„Amen“, wiederholten alle und bekreuzigten sich.

Hermine Ambross schöpfte Suppe in die Teller, die stillschweigend geleert wurden. Johannes, der noch nicht selbst essen konnte, wurde von Theresia gefüttert.

„Hannes noch!“, sagte er, als der Teller leer war.

Die Mutter verteilte die restliche Suppe in die Teller der Kinder. Den letzten Schöpfer wollte sie ihrem Mann geben. Doch der wehrte ab: „Iss du, du brauchst es nötiger als ich.“

Hermine Ambross schüttelte den Kopf. „Ich hab schon vorher davon gekostet“, erwiderte sie und kippte den Schöpfer.

Ihr Mann zögerte kurz, aß die Suppe dann aber doch.

„Hannes noch!“, babbelte Johannes wieder.

„Ich hab auch noch Hunger“, murmelte Vroni.

„Und ich“, sagte Kilian.

„Du hast ja ein Stück Brot bekommen und ich nicht“, beschwerte sich Vroni.

„Schluss jetzt!“ Franz Ambross sprang auf, nahm den Rest Brot und griff nach dem Messer.

„Nein, nicht! Das Brot ist für morgen“, bremste ihn seine Frau.

„Aber ich … ich kann … ich muss … Herrgott im Himmel, was soll ich nur tun?“ Es klang mehr nach einer Anklage als nach einer Frage.

Seine Frau legte ihm die Hand auf den Arm.

Er ließ das Messer sinken und stand mit hängenden Schultern vor seiner Familie. „So kann's nicht weitergehen“, murmelte er. „Es muss etwas geschehen!“

Ins Schwabenland

Bis auf Kilian und Severin saßen alle Kinder an ihren Plätzen, als Anton Reisinger das Schulzimmer im Untergeschoss des Pfarrhauses betrat. Der kleine vollbärtige Mann mit dem steifen linken Bein unterrichtete die Galtürer Kinder schon seit vielen Jahren in der Winterzeit. Er warf den beiden Buben einen strengen Blick zu, ging zum Pult und legte seine abgewetzte Ledertasche drauf. Dann schaute er in den Raum und überprüfte, ob jemand fehlte, wobei er mit der Hand mehrmals über seinen Bart strich.

„Guten Morgen, Kinder!"

Die Kinder sprangen auf und antworteten im Chor: „Guten Morgen, Herr Lehrer!"

Er faltete die Hände, die Kinder ebenso. Dann beteten sie gemeinsam das Vaterunser.

„Setzt euch!"

Die Kinder gehorchten und warteten auf die Anweisungen des Lehrers.

Die Kleinen, die vorn saßen, mussten drei Reihen große G und drei Reihen kleine g auf ihre Schiefertafeln schreiben. Der Lehrer malte die Buchstaben mit Kreide sorgfältig an die Tafel, damit die Kinder wussten, wie sie auszusehen hatten.

Die Mittleren, zu denen Kilian und sein Freund Severin gehörten, mussten das Rechenbuch Seite 18 aufschlagen und die erste Aufgabe ausrechnen.

„Zu euch komme ich gleich“, sagte Anton Reisinger zu den Großen. Dann ging er langsam an den Kindern vorbei, schaute ihnen über die Schultern, half den Kleinen beim Schreiben der Buchstaben und den Mittleren beim Rechnen.

„Wer fertig ist, rechnet die zweite Aufgabe“, sagte der Lehrer. „Und ich will keinen Mucks hören!“

Dann hängte er eine Landkarte auf und wandte sich an die Großen. „Morgen gehen einige von euch ins Schwabenland. Wer war denn schon einmal dort?“

Sieben Hände wurden hochgestreckt. Auch von den Mittleren meldeten sich drei.

„Wer kann mir auf der Karte zeigen, wo das Schwabenland liegt?“

Schnell verschwanden alle Hände.

„Schaut euch die Karte genau an!“, forderte der Lehrer die Kinder auf.

Zögernd hob Jakob die Hand.

„Jakob!“

Er stand auf. „Das Blaue ist ein See, glaube ich.“

„Richtig. Und was für ein See ist das?“

Xaver, der schon letztes Jahr im Schwabenland gewesen war, gab die Antwort: „Der Bodensee.“

„Genau“, sagte der Lehrer. „Merkt euch das endlich!“ Er nahm den Zeigestock und umkreiste damit ein helles Gebiet auf der Karte. „Das hier ist das Paznauntal und hier etwa befindet sich Galtür.“ Er tippte mit dem Stock gegen die Karte. „Unser Dorf ist nicht eingezeichnet, weil es dafür zu klein ist.

Von hier geht's durch das Montafon nach Bludenz und Feldkirch." Er zeigte den Weg mit dem Stock. „Dann über Dornbirn und Bregenz ins Schwabenland, das sich hier befindet." Er zog einen großen Kreis nordöstlich vom Bodensee. Während er das tat, hörte er hinter sich ein Geräusch. Er drehte den Kopf und sah, wie Kilian seinem Nebensitzer Severin ins Ohr flüsterte, dass der hinter vorgehaltenen Händen kicherte.

„Ihr zwei!", rief er und stieß den Zeigestock in ihre Richtung. „Kommt sofort nach vorn!"

Die beiden erschraken so, dass sie sich im ersten Moment nicht rühren konnten.

„Wird's bald!"

Kilian und Severin erhoben sich und schlichen mit eingezogenem Kopf nach vorn, schon ahnend, was sie erwartete.

„Zuerst sitzt ihr nicht an eurem Platz, wenn ich hereinkomme", begann der Lehrer. „Dann hört ihr nicht zu. Was habe ich vorhin gesagt?", fragte er und gab selbst die Antwort. „Ich will keinen Mucks hören! Aber ihr flüstert und lacht, anstatt zu rechnen. Deine linke Hand!", befahl er Severin.

Langsam hob Severin die Linke und streckte sie so weit wie möglich von sich, als ob die Schläge dann weniger schmerzen würden. Der Zeigestock sauste zweimal auf die Innenseite seiner Hand. Der brennende Schmerz trieb Severin Tränen in die Augen.

„Jetzt du!", sagte der Lehrer zu Kilian.

Der zögerte und wäre am liebsten hinausgerannt. Aber er wusste, dass er damit alles nur noch schlimmer machen und mehr als zwei Tatzen bekommen würde. Also hob er die Hand und kniff die Augen zu.

Jakob zuckte bei jedem Schlag zusammen, denn er litt mit seinem Bruder.

„Wer nicht hören will, muss fühlen“, sagte der Lehrer. „Habt ihr mich verstanden?“

Severin und Kilian nickten.

„Dann setzt euch und rechnet die Aufgabe!“

Als Kilian und Severin an ihren Plätzen waren, wandte sich der Lehrer wieder an die Großen. „Mir wäre es lieber, ihr könntet alle hierbleiben und lernen, anstatt ins Schwabenland zu ziehen und zu arbeiten. Denn in die Schule lässt man euch dort nicht. Aber mich fragt ja niemand“, sagte er mehr zu sich selbst als zu den Kindern.

Nach dem Unterricht gab es auf dem Heimweg eine wilde Schneeballschlacht. Dabei zielte Jakob auf Leonhard und traf ihn einmal an der linken Backe, worüber er sich diebisch freute.

„Warte nur! Das bekommst du zurück!“, drohte Leonhard und schleuderte wütend mehrere Schneebälle nach Jakob.

Doch der wich allen geschickt aus und rief: „Nix getroffen, Schnaps gesoffen!“

Fast gleichzeitig klatschte ihm ein Schneeball, den Maria geworfen hatte, gegen die Brust.

„Doch getroffen, Schnaps gesoffen!“, rief sie.

Leonhard lachte.

Jakob, Xaver, Luggi, Bonifaz, Theresia, Kilian und Severin

gaben sich Zeichen, formten mehrere Schneebälle, warfen sie gleichzeitig ab und schlugen ihre Gegner damit in die Flucht.

„Gewonnen!“, riefen sie und freuten sich.

Dann gingen alle nach Hause zum Mittagessen.

Hermine Ambross stellte eine Schüssel mit Haferbrei auf den Tisch und füllte die Teller, so weit es reichte. Während sie aßen, war es still wie immer. Nur Johannes babbelte vor sich hin.

Kilian schlang seine Portion schnell hinunter und saß dann vor seinem leeren Teller. Er hoffte, er würde als Erster Nachschlag bekommen, wenn noch etwas in der Schüssel war. Jakob dagegen aß langsam, um länger etwas von dem Essen zu haben. Heute ließ er sich besonders viel Zeit, weil er spürte, dass die Eltern anders waren als sonst.

Nachdem alle ihre Teller geleert hatten, blieben sie sitzen, als warteten sie auf etwas. Schließlich hielt Jakob die Stille nicht mehr aus und sagte: „Der Lehrer hat heute …“

Da bekam er unter dem Tisch einen Tritt.

„Au!“

„Was ist los?“, fragte die Mutter.

Jakob sah, wie Kilian leicht den Kopf schüttelte, als wollte er sagen: Bitte nichts verraten!

„Äh … ja … er hat uns gezeigt, wo das Schwabenland ist, weil morgen einige dort hingehen“, redete Jakob weiter.

Kilian sah erleichtert aus. Doch die Eltern wechselten eigenartige Blicke. Die Mutter schluckte und beugte sich über ihren leeren Teller.

Der Vater räusperte sich, wusste aber anscheinend nicht, wie er anfangen sollte.

„Ja … also … Jakob und Kilian, hört mir mal zu." Er stockte noch einmal und sagte dann leise: „Ihr seid alt genug, um zu verstehen, was ich jetzt sage." Er schaute Jakob und Kilian an.

Beide nickten.

„Ihr wisst, dass es bei uns hinten und vorne nicht reicht. Nach jedem Essen steht ihr hungrig vom Tisch auf. Und ihr braucht dringend wärmere Kleidung und bessere Schuhe. Das alles können wir euch nicht geben. Selbst wenn wir noch so fleißig arbeiten, reicht es einfach nicht für alle. Und wenn das neue Geschwisterchen kommt, reicht es noch weniger. Eure Mutter und ich haben lange hin und her überlegt, was wir tun können. Wir sehen keine andere Möglichkeit, als euch dieses Jahr ins Schwabenland zu schicken." Er machte eine Pause.

Die Worte des Vaters kamen so überraschend, dass es Jakob und Kilian schwerfiel, sie zu begreifen.

„Es ist ja nicht für immer und ihr seid auch nicht allein", fügte der Vater hinzu. „Im Herbst kommt ihr wieder heim und habt die ganze Zeit gut gegessen und Geld verdient."

„Wenn wir ins Schwabenland gehen, kann mich der Lehrer wenigstens nicht mehr schlagen", rutschte es Kilian heraus, und fast gleichzeitig drückte er eine Hand auf den Mund, weil er sich verplappert hatte.

Normalerweise hätte der Vater gefragt, wofür er die Schläge denn bekommen habe. Und dann konnte es sein, dass es von ihm auch noch ein paar auf den Hintern gab. Aber heute fragte der Vater nicht. Stattdessen bemerkte er: „Jakob, du sagst ja gar nichts."

„Müssen wir schon morgen gehen wie die anderen?", fragte Jakob.

Der Vater nickte.

„Ihr könnt euch heute Nachmittag von euren Kameraden verabschieden", sagte die Mutter. „Aber einige gehen morgen auch mit, zum Beispiel Xaver, Bonifaz ..."

„Und Severin", unterbrach Kilian die Mutter.

„Ja, der auch."

Über Kilians Gesicht zog ein Lächeln.

„Du siehst", wandte sich die Mutter an Jakob, „deine besten Kameraden sind mit dabei. Und Xaver war schon letztes Jahr im Schwabenland. Der kennt sich also aus."

Jakob nickte nur.

Durch tiefen Schnee

Es war noch dunkel, als aus etlichen Häusern und Hütten Kinder traten und sich auf den Weg zur Kirche machten. Die meisten wurden vom Vater oder von der Mutter begleitet, einige von beiden.

Hermine Ambross verabschiedete sich noch im Haus von Jakob und Kilian. Sie drückte beide so fest an sich, dass sie ihren dicken Bauch deutlich spürten. „Pass auf deinen Bruder auf“, sagte sie zu Jakob. „Und auf dich auch.“

Jakob nickte stumm.

Franz Ambross hatte die Rucksäcke, die seine Frau aus zwei alten Kartoffelsäcken geschneidert hatte, über die Schulter gehängt und stand schon vor der Tür. „Wir müssen gehen.“

„Behüt euch Gott“, sagte die Mutter, ließ ihre Buben los, drehte sich schnell um und wischte sich die Tränen aus den Augen.

Jakob und Kilian folgten ihrem Vater zur Kirche. Der fast volle Mond leuchtete am sternklaren Himmel und wies ihnen den Weg. Nach und nach trafen die zwölf Galtürer Kinder, die dieses Jahr ins Schwabenland mussten, vor der Kirche ein. Dort wurden sie von Josef Gruber erwartet. Der große hagere Mann war Mesmer und Totengräber in einem. Er hatte die Kinder aus dem Dorf schon in den vergangenen drei Jahren ins Schwabenland geführt.

Neben ihm stand der Pfarrer. „Ihr habt einen langen Weg

vor euch“, sagte er zu den Kindern. „Damit ihn alle schaffen, müsst ihr auf das hören, was der Sepp sagt. Und ihr müsst euch gegenseitig helfen. Das ist ganz wichtig! Und noch etwas: Im Schwabenland gibt’s Leute, die evangelisch sind. Ihr wisst, das sind keine richtigen Christen. Zu solchen Leuten dürft ihr nicht gehen. Ihr dürft nur für gute Katholiken arbeiten und ihr müsst auch im Schwabenland am Sonntag immer in die Kirche …“

Während der Pfarrer redete, kam ein Pferdefuhrwerk angefahren. Auf dem Leiterwagen saßen sechs Kinder aus dem Nachbardorf Tschafein.

„Brrr!“, rief der Fuhrmann und zog an den Zügeln.

Die zwei Pferde blieben stehen und schnaubten.

„Alle auf den Wagen, die mitwollen! Ich fahre euch noch ein Stück weit“, sagte der Fuhrmann.

„Ihr habt ein gutes Herz“, lobte ihn der Pfarrer.

Die Erwachsenen halfen den Kindern auf den Leiterwagen, wo sich alle ein Plätzchen suchten. Es war ziemlich eng, aber durch die Nähe spürten sie die Kälte weniger.

Dann nahm Josef Gruber ein Blatt Papier aus der Tasche und las im Schein einer Laterne die Namen der Kinder vor. „Wer seinen Namen hört, ruft: Hier!“

Achtzehn Kinder standen auf seiner Liste, achtzehn Kinder saßen auf dem Wagen.

Der Mesmer nickte zufrieden, stieg auf und setzte sich neben den Fuhrmann. Der Pfarrer sprach noch ein Gebet und segnete alle. Dann rief der Fuhrmann „Hü!“, lockerte die Zügel und los ging’s.

Die Kinder schauten zurück, einige winkten. Verzweifelte Rufe, leises Schluchzen und lautes Weinen waren zu hören.

„Ich will nicht ins Schwabenland, ich will daheim bleiben“, nuschelte Toni. Er war mit seinen achteinhalb Jahren der Jüngste und Kleinste. Schon wollte er aufstehen und vom Wagen springen.

„Bleib sitzen!“, sagte Anna, packte ihn am Arm und zog ihn zurück auf den Hintern. „Im Schwabenland ist es besser als daheim.“ Das sagte sie so laut, dass es alle hören konnten.

Josef Gruber drehte sich um und stimmte zu: „Anna hat Recht, und deshalb bleiben alle sitzen!“

Anna war zwölf Jahre alt, wirkte jedoch älter. Das lag nicht nur an ihrer Größe, sondern auch an ihrer ernsten Art. Vor drei Jahren war ihr Vater beim Holzfällen von einem Baum erschlagen worden. Seither hatte sich Anna sehr verändert. Nicht nur, dass ihr der Vater fehlte, sie musste auch schon zum zweiten Mal ins Schwabenland, weil es daheim nicht mehr für alle reichte.

Auf dem schneebedeckten Weg wurden die Kinder längst nicht so durchgeschüttelt wie sonst auf einem eisenbereiften Leiterwagen. Das gleichmäßige Holpern und Rütteln war angenehm, und es dauerte nicht lange, bis den Ersten die Augen zufielen.

„Das ist schon mal besser als letztes Jahr“, sagte Xaver. „Da mussten wir von Anfang an laufen.“

Jakob saß zwischen ihm und Kilian und hatte Annas Satz im Ohr: „Im Schwabenland ist es besser als daheim.“ Obwohl

Xaver und andere ältere Kinder manchmal vom Schwabenland erzählt hatten, konnte er sich nicht so richtig vorstellen, was ihn dort erwartete. Und bis gestern hatte er sich darüber auch keine Gedanken gemacht. Eines war Jakob allerdings klar: Wenn die Eltern ihn und Kilian ins Schwabenland schickten, musste es dort besser sein als daheim. Sonst hätten sie das doch nicht getan. Mit diesem Gedanken döste er ein.

„Aufwachen und absteigen!", rief Josef Gruber.

Die Kinder blinzelten im hellen Morgenlicht und gähnten. Einige begriffen nicht gleich, wo sie waren.

„Weiter kann ich nicht fahren", sagte der Fuhrmann. „Der Weg ist zu schmal. Jetzt müsst ihr zu Fuß weitergehen."

„Vergelt's Gott", sagte der Mesmer.

Die Kinder stiegen vom Wagen, schulterten ihre Rucksäcke und standen um ihn herum. Im Tageslicht sah Josef Gruber nun erst genauer, wen er dabeihatte. Zwei Buben und ein Mädchen waren kaum größer als Toni, der immer noch schniefte.

Ob die den Weg überhaupt schaffen?, fragte er sich. Es ist schlimm, dass man so kleine Kinder schon ins Schwabenland schickt. Wenn ich die nur nicht wieder mit heimnehmen muss.

Ludwig, Franz und Johannes waren mit ihren dreizehn Jahren die Ältesten und Größten. Josef Gruber warf einen Blick auf ihre Schuhe und seufzte. „Neu sind sie nicht gerade", brummte er. „Ihr drei geht mit mir voraus, damit die Kleinen es in unseren Spuren wenigstens ein bisschen leichter haben." Dann wandte er sich an Anna und Xaver. „Ihr zwei geht als Letzte.

Und passt mir ja auf, dass keiner hinter euch zurückbleibt! Die andern gehen dazwischen. Und jetzt los, damit wir hier nicht festfrieren! Wenn wir den Weg hinaufgehen, wird euch wärmer."

Der Zug setzte sich in Bewegung. Jakob, Kilian und Severin gingen mit Xaver und Anna am Schluss. Anfangs stieg der Weg durch einen Wald noch langsam an, doch bald wurde er steiler. Und je höher sie kamen, desto schwerer wurde es, durch den Schnee zu stapfen. Die Größeren nahmen die Kleineren an der Hand und zogen sie mit.

Oben war der Wald lichter. Der Wind pfiff eisig in die Gesichter und durch die Kleidung der Kinder.

„Mich friert", klagte Toni, der eine zu kurze Hose und nur eine Strickjacke anhatte.

„Mich auch", sagte Traudl, die in einem dünnen Mäntelchen neben ihm ging und bibberte.

Josef Gruber drehte sich um. „Dann müssen wir schneller gehen, dass der Wind uns nicht so gut erwischt."

Er zog das Tempo an und die Kleinsten hatten Mühe, ihm und den Großen zu folgen.

„Los, weiter! Nicht schlappmachen!", trieb Xaver sie an. „Wer zurückbleibt, den fressen die Wölfe!"

Ein paar Kinder blieben stehen und starrten ihn an.

„Gibt's hier Wölfe?", fragten sie ängstlich.

„Klar", antwortete Xaver. „Deswegen müssen wir weitermarschieren, damit wir schnell über den Berg kommen."

Für einige Zeit vergaßen die Kinder vor Schreck sogar die Kälte und stolperten schneller als zuvor durch den Schnee.

„So hättest du ihnen nicht Angst zu machen brauchen", flüsterte Anna.

Xaver grinste. „Du siehst doch, wie das wirkt."

„Ja, schon …"

„Gibt's hier wirklich Wölfe?", fragte Kilian leise.

Xaver zog die Schultern hoch. „Mich hat letztes Jahr jedenfalls keiner gefressen."

Gegen Mittag klagten immer mehr Kinder über Müdigkeit und Hunger.

„Es dauert nicht mehr lang, dann haben wir den Pass geschafft und es geht wieder abwärts", vertröstete Josef Gruber sie. „Weiter unten bläst der Wind nicht mehr so eisig. Ich kenne da eine Hütte, wo ihr etwas essen und euch ein wenig ausruhen könnt."

Nach einer knappen Stunde rief Johannes: „Da vorne ist sie!"

Alle freuten sich und liefen schneller, denn die Aussicht auf eine Rast machte die Schritte etwas leichter.

Die Tür war mit Schnee halb zugeweht. Ludwig, Franz und Johannes schaufelten mit den Händen so viel davon weg, bis sie sich endlich öffnen ließ. Innen waren an drei Wänden Bänke angebracht, auf die sich die Kinder setzten. Mitten im Raum gab es eine Feuerstelle, in der noch verkohlte Holzreste lagen. Links neben der Tür waren ein paar Holzscheite gestapelt.

Die Kinder kramten aus ihren Rucksäcken, was die Eltern ihnen zum Essen mitgegeben hatten.

Josef Gruber ermahnte sie: „Ich weiß, dass ihr hungrig seid, aber esst trotzdem langsam, damit ihr mehr davon habt. Und denkt daran, wir sind noch einige Tage unterwegs, an denen ihr auch noch etwas davon braucht."

„Hast du gehört?", sagte Jakob zu seinem Bruder, weil der daheim das Essen immer schnell hinunterschlang.

„Ja", brummte Kilian und kaute extralang auf einem Bissen Brot herum.

„Ich werde ein Feuer machen, damit uns warm wird", sagte Josef Gruber. Mit einiger Mühe und viel Geschick schaffte er es schließlich. Dann setzte er sich zwischen die Kinder und aß auch etwas. Dabei schaute er sich die Schuhe der Kinder genauer an. „Hm", sagte er zu Toni, Jakob, Severin und Maria aus Tschafein, „da müssen wir etwas tun, sonst halten die nicht mehr lange." Er holte eine Schnur aus seinem Rucksack, schnitt mit dem Taschenmesser mehrere Stücke ab und schnürte die Schuhe damit zusammen, so gut es eben ging.

Das brennende Holz knackte und knisterte, und die Wärme tat den Kindern gut; doch weil der Rauch nicht richtig abziehen konnte, biss er in den Augen.

„Ich krieg kaum Luft", klagte Bonifaz und hustete kräftig.

„Tja, Wärme *und* gute Luft ist hier drinnen nicht zu haben", entgegnete Josef Gruber. „Aber wir müssen sowieso weiter, damit wir St. Gallenkirch erreichen, bevor es dunkel wird."

„Nicht gleich", bat die kleine Traudl. „Lass uns noch ein bisschen sitzen."

Josef Gruber schüttelte den Kopf. „Das geht nicht, sonst werdet ihr müde und nachher fällt euch jeder Schritt doppelt schwer. Also packt eure Sachen zusammen!“

Einige murrten leise, aber Josef Gruber beachtete sie nicht. Er ging hinaus, holte Schnee und warf ihn auf das Feuer, dass es gewaltig zischte und rauchte. Das machte er dreimal, dann war er sicher, dass die Glut vollständig erloschen war.

„Also weiter!“, sagte er draußen. „Jetzt geht's meistens abwärts, das ist leichter als heute Morgen den Pass hinauf.“

Wie Josef Gruber befürchtet hatte, taten sich die meisten nach der Rast schwer, in Schwung zu kommen. Nach einiger Zeit setzten sie aber wieder mechanisch Fuß vor Fuß.

Als sie aus einem Wald kamen, sahen sie in der Dämmerung die ersten Häuser von St. Gallenkirch.

„Gleich haben wir's geschafft!“, rief Josef Gruber nach hinten, um die erschöpften Kinder zu einer letzten Anstrengung zu ermuntern.

Er marschierte voraus auf einen Bauernhof zu. Der Hofhund schoss aus seiner Hütte und zerrte laut bellend an der Kette. Wenig später öffnete sich die Haustür und ein Mann trat heraus. „Was ist los, Hasso?“, fragte er und schaute sich um.

„Ich bin's, Anton!“, rief Josef Gruber. „Der Gruber-Sepp mit den Tiroler Kindern.“

„Der Gruber-Sepp“, wiederholte der Bauer, der Anton Lechleitner hieß. Dann wandte er sich an den Hund: „Hasso, aus! Marsch in die Hütte!“

Der Hund zog den Schwanz ein und wich zurück, blieb aber leise knurrend vor der Hütte stehen.

„Kommt ruhig näher!“, rief der Bauer. „Der Hasso ist angebunden und kann euch nichts tun.“

Während sich die Männer freundschaftlich begrüßten, schielten die Kinder nach dem Hund, der noch immer knurrte.

„Wie viele hast du denn diesmal dabei?“, fragte der Bauer.

„Achtzehn. Vierzehn Buben und vier Mädchen.“

„Ein paar sind ja recht jung“, bemerkte der Bauer und schüttelte den Kopf. „Dass die Eltern so kleine Kinder schon ins Schwabenland schicken, ist eine Schande und eine Sünde obendrein.“

„Gern tun sie das bestimmt nicht, das kannst du mir glauben“, erwiderte Josef Gruber. „Aber die Umstände lassen ihnen keine Wahl.“

„Die Umstände! Soll ich dir sagen, was daran schuld ist?“, fragte Anton Lechleitner. „Wenn ich sieben, acht oder noch mehr Kinder hätte, würde es nie und nimmer für alle reichen und ich müsste ein paar ins Schwabenland schicken. Deswegen habe ich nur zwei, und für die reicht’s. So einfach ist das.“

„Ich weiß nicht …“

„Aber ich weiß es!“

Josef Gruber wollte keinen Streit mit Anton Lechleitner und schwieg.

Doch der redete weiter: „Solange die Pfaffen den Leuten erzählen, jedes Kind sei ein Geschenk Gottes, und ihnen predigen: Seid fruchtbar und mehret euch, so lange wird das Elend kein Ende nehmen. Die Leute sollten endlich …“ Er stockte und schaute zu den Kindern. „Ach was“, sagte er, „die können ja nichts dafür, dass es so ist, wie es ist.“ Er rieb sich das Kinn. „Achtzehn hast du gesagt. Hm, das sind ein bisschen viel für die Stube. Aber in der Scheune frieren die armen Teufel weiter. Also los, kommt rein, es wird schon gehen.“

In der Stube schlug den Kindern eine Wärme entgegen, die ihnen beinahe den Atem nahm. Die Bäuerin, die mit ihren beiden Kindern am Tisch beim Abendbrot saß, stand sofort auf.

„Der Gruber-Sepp ist mal wieder mit Kindern ins Schwabenland unterwegs“, erklärte der Bauer.

Nach einer kurzen Begrüßung wandte sich die Bäuerin an die Kinder. „Jetzt zieht ihr erst mal eure nassen Schuhe und Jacken aus, damit alles trocknen kann. Dann sucht jeder ein Plätzchen, wo ihr schlafen werdet. Es wird ein bisschen eng, aber Hauptsache, ihr habt es warm. Ich koche für euch solange eine gute Suppe, damit ihr auch von innen tüchtig aufgewärmt werdet.“

Die Kinder wollten ihre Rucksäcke von den Schultern nehmen. Doch weil sie so eng beieinanderstanden, stießen und schubsten sie sich, dass es zwischen einigen zu einem Gerangel kam.

„Halt! Nicht alle gleichzeitig!“, rief Josef Gruber. „Die Kleinen fangen an.“

Bald kam ein wunderbarer Duft aus der Küche, strich den Kindern um die Nase und machte, dass sie ihren Hunger schmerzhaft spürten.

„Es riecht so gut, dass mir gleich schlecht wird“, flüsterte Jakob.

„Dann musst du dreimal schlucken", sagte Anna, die neben ihm stand.

Jakob schaffte es, den Speichel, der sich im Mund gesammelt hatte, hinunterzuschlucken, und er fühlte sich ein bisschen besser.

„So, jetzt setzen sich so viele von euch um den Tisch herum, wie Platz haben", sagte Anton Lechleitner. „Die andern müssen noch ein Weilchen warten."

„Die Kleinen zuerst", bestimmte Josef Gruber.

„Immer die Kleinen zuerst", brummte Bonifaz.

Xaver stieß ihn dafür mit dem Ellbogen in die Seite.

Die Bauerskinder stellten einen Teller vor jedes Kind. Und für die, die keinen eigenen Löffel dabeihatten, legten sie noch einen dazu.

Dann trug die Bäuerin eine große dampfende Schüssel herein, stellte sie auf den Tisch und füllte die Teller.

Die Ersten wollten schon essen, da sagte der Mesmer: „Halt! Erst wollen wir den guten Leuten hier mit einem Gebet danken. Herr, wir …"

„Lass gut sein, Sepp", unterbrach ihn der Bauer. „Die Kinder sollen jetzt essen, nicht beten."

Jakob war überrascht. Er konnte sich nicht erinnern, dass daheim jemals gegessen wurde, ohne Gott zuvor mit einem Gebet dafür zu danken, auch wenn es noch so wenig war.

„Vorsicht, die Suppe ist heiß!", sagte die Bäuerin. „Esst langsam, dass ihr euch nicht das Maul verbrennt! Und keine Angst, es reicht für alle."

Es war eine dicke Kartoffelsuppe, in der Speckstücke schwammen. Der Bauer schnitt für jedes Kind noch ein Stück Brot von einem frischen Laib. So etwas Gutes hatten die meisten schon lange nicht mehr gegessen. Und wie es die Bäuerin versprochen hatte, wurden alle satt. Es war ein Gefühl, das viele gar nicht mehr kannten.

„Warum sind die Leute so gut zu uns?“, wollte Jakob von Josef Gruber wissen.

„Frag sie doch selbst.“

Jakob wurde rot.

„Was soll er fragen?“

Jakob senkte den Kopf. Da stellte Josef Gruber die Frage für ihn.

„Das ist ganz einfach“, sagte Anton Lechleitner. „Als Bub musste ich viermal ins Schwabenland, das erste Mal schon mit neun Jahren. Bis heute habe ich nicht vergessen, wie schlimm es war, wenn wir hungrig und müde nach etwas zu essen und einem Nachtlager gefragt haben und weggeschickt wurden. Ich habe mir geschworen, Kinder, die auf dem Weg ins Schwabenland sind, niemals abzuweisen und meine eigenen Kinder nicht ins Schwabenland zu schicken.“

„Vergelt's Gott“, sagte Anna.

Jakob hätte sich auch gern bedankt, aber er brachte kein Wort heraus.

„Ich hole noch ein paar Decken, sodass ihr nicht auf dem nackten Boden schlafen müsst“, sagte der Bauer.

Dann legte er ein paar Scheite Holz auf die Glut, damit der

Kachelofen sie auch in der Nacht wärmte. Nach dem anstrengenden Tag und dem köstlichen Mahl schliefen die Kinder schnell ein.

Die Zeiten sind schlecht

In der Nacht hatte das Wetter umgeschlagen und am nächsten Morgen schneite es. Die Kinder wären am liebsten in der warmen Stube geblieben, aber das ging natürlich nicht. Nachdem sich alle mit einem nahrhaften Frühstück gestärkt hatten, bedankten sie sich bei den Bauersleuten.

„Vergelt's Gott", sagte der Mesmer, obwohl er wusste, dass Anton Lechleitner mit Gott so seine Probleme hatte.

Draußen stellten sich die Kinder auf wie am Tag zuvor.

„Wenn ihr so marschiert wie gestern, schaffen wir es heute gut bis Bludenz", sagte Josef Gruber.

„Wie weit ist es dann noch bis Ravensburg?", fragte Kilian.

„An Ravensburg wollen wir noch gar nicht denken", antwortete Josef Gruber. „Bludenz heißt unser Ziel, und das reicht für heute."

„Und was kommt …?", begann Maximilian aus Tschafein.

„Redet nicht so viel!", unterbrach ihn der Mesmer. „Jetzt geht's erst mal ein Stück bergauf, da braucht ihr eure Luft. Aber ihr seid ausgeruht und habt gut gegessen. Das schafft ihr bestimmt besser als gestern." Er wandte sich um und führte die Schar weiter.

Als sie die letzten Häuser hinter sich hatten, stieg der Weg an. Der frisch gefallene Schnee machte das Gehen schwieriger, doch man merkte den Kindern an, dass sie schon Übung hatten. Bald fielen alle wieder in einen Trott, bei dem die Beine wie von selbst vorwärtsgingen. Sogar die Kleinsten jammerten weniger als am Tag zuvor.

Das änderte sich gegen Mittag, als die Ersten über Hunger klagten und nach einer Rast verlangten. Josef Gruber konnte sie eine Weile vertrösten, schaute sich aber schon nach einem Platz um, wo sie ein wenig geschützt wären. Es schneite nicht mehr, aber dafür blies der Wind kräftig.

„Dort ist ein Stadel!“, rief Ludwig, als sie eine Anhöhe erreichten, und zeigte auf eine Hütte aus Holz, in der Heu für den Winter gelagert wurde.

„Da machen wir Brotzeit“, sagte Josef Gruber.

Der Heustadel war mit einem Hängeschloss zugesperrt. Aber auf der Westseite waren sie wenigstens vor dem Wind geschützt. Einige Kinder setzten sich zum Essen in den Schnee, andere lehnten sich an die Wand.

„Ich hab nichts mehr“, murmelte Toni weinerlich.

Josef Gruber runzelte die Stirn. „Du hättest eben gestern nicht alles aufessen sollen.“

„Aber ich hab so Hunger gehabt und es war so wenig“, nuschelte Toni und zog den Rotz hoch.

Der Mesmer seufzte, schnitt ein Stückchen Brot und einen Streifen von seinem Käse ab und gab Toni beides. „Wer von euch kann ihm auch etwas geben?“ Er wusste, dass das eine ungeheuere Frage war, denn was die Kinder in ihren Rucksäcken hatten, reichte nicht einmal für sie selbst.

Anna, Xaver, Jakob und Magdalena aus Tschafein gaben trotzdem etwas ab.

Toni hatte Mühe, nichts in den Schnee fallen zu lassen, und vergaß sogar, sich zu bedanken.

Weil die Kinder froren, beendete Josef Gruber die Rast, auch wenn wieder einige murrten.

Es ging bergab und auf dem Weg lag weniger Schnee als oben. Sie kamen gut voran – bis sie an einem breiten Bach standen. Das Wasser schoss tosend vorbei.

„Hier war doch irgendwo ein Steg", wunderte sich Josef Gruber. Sekunden später sah er an beiden Ufern abgebrochene Holzreste. „Himmelherrgottsakrament!", entfuhr es ihm, obwohl er ein frommer Mann war.

„Wie kommen wir jetzt da rüber?", fragte Severin.

„Frag nicht so blöd!", schnauzte Josef Gruber ihn an und ging ein Stück nach rechts am Bach entlang. Nach einer Weile winkte er.

Die Kinder folgten ihm zögernd. Josef Gruber stand vor einem Baum, der gefällt worden war und über dem Bach lag. „Da müssen wir rüber!"

Sie schauten ihn mit großen Augen an.

„Das trau ich mich nicht", jammerte Toni.

„Ich auch nicht", sagten einige.

„Wir müssen da rüber!", erwiderte Josef Gruber. „Oder wollt ihr hinüberschwimmen?"

„Ich kann nicht schwimmen", sagte die kleine Traudl und fing an zu weinen.

Anna stellte sich neben sie und nahm ihre Hand. „Du musst nicht schwimmen, keine Angst."

„Aber wie … komme ich … dann rüber?“, brachte Traudl zwischen Schluchzern heraus.

„Keiner muss schwimmen“, sagte der Mesmer nun etwas ruhiger. „Ich habe ein Seil dabei, das spannen wir. Daran könnt ihr euch festhalten.“ Er holte das Seil aus seinem Rucksack und schaute die drei Großen an. „Einer von uns vier muss jetzt hinüber und drüben das Seil um einen Baum binden. Soll ich gehen oder traut sich einer von euch das zu?“

„Ich“, meldete sich Ludwig.

Josef Gruber nickte. „Ich binde dir das Seil zur Sicherheit um den Leib, dann können wir dich halten, falls du abrutschen solltest.“

„Ich rutsche nicht ab“, erwiderte Ludwig.

Unter den gespannten Blicken der anderen balancierte er auf dem Baumstamm über das tosende Wasser. Kurz vor dem Ufer schwankte er bedenklich, ruderte heftig mit den ausgestreckten Armen, schaffte aber noch ein paar Schritte und konnte sich mit einem Sprung vor dem Sturz ins eisige Wasser retten. Er band das Seil um den nächsten Baum und rief: „Es hält!“

„Auf dieser Seite steht leider kein passender Baum“, sagte Josef Gruber. „Hier müssen wir das Seil selbst spannen. Franz, hilf mir!“

Dann erklärte er den Kindern eindringlich, dass sie langsam gehen und sich dabei mit der rechten Hand wie an einem Geländer festhalten sollten.

Es klappte gut, bis Severin an der Reihe war. Er ging besonders langsam und blieb in der Mitte stehen.

„Nicht stehen bleiben und nicht nach unten gucken!“, rief der Mesmer.

Doch genau das tat Severin – verlor das Gleichgewicht, konnte sich nicht mehr halten und stürzte ins Wasser. Einen Moment standen alle wie erstarrt. Dann warf der Mesmer das Ende des Seils hinter Severin her und schrie: „Halt dich daran fest!“

Severin griff daneben, tauchte unter, kam wieder hoch, schlug wie verrückt um sich und prustete, weil er Wasser geschluckt hatte. Der Rucksack drohte ihn nach unten zu ziehen, da trieb das Seil in Severins Nähe und er erwischte es mit einer Hand.

Josef Gruber, der eben in den Bach springen wollte, schrie: „Festhalten! Nicht loslassen!“

Ludwig und Johannes zogen den Buben ans rettende Ufer, wo er sich triefend, bibbernd und weinend in den Schnee fallen ließ.

So schnell er konnte, balancierte der Mesmer über den Baumstamm. „Du musst die nassen Kleider ausziehen! Sofort!“, sagte er zu Severin. „Wer hat trockene für ihn?“

„Ich“, antwortete Josef aus Tschafein.

Minuten später hatte Severin trockene Sachen an, bibberte aber immer noch.

„Beweg dich und reib dich warm!“, forderte Josef Gruber ihn auf, nahm das Seilende und balancierte zurück.

Die fünf Kinder, die noch auf der anderen Seite standen, unter ihnen Kilian, hatten nach Severins Absturz wieder mehr

Angst. Der Mesmer redete mit Engelszungen auf sie ein, und schließlich trauten sich alle bis auf Traudl. Er merkte, dass bei ihr alles Reden keinen Sinn hatte. Da band er sich das Seil um den Bauch und nahm Traudl auf den Arm. „Mach die Augen zu!“, sagte er und trug sie hinüber.

Drüben löste er das Seil und verstaute es in seinem Rucksack. „Wir haben viel Zeit verloren. Deswegen müssen wir jetzt zügig weiter“, trieb er die Kinder an.

Das taten sie und erreichten ohne Zwischenfälle Bludenz. Dort führte Josef Gruber die Kinder zum Franziskanerkloster und klopfte an die Tür.

Ein Mönch im braunen Gewand öffnete und wich sofort zurück. „Schon wieder welche!“, rief er. Es sah so aus, als wollte er ihnen die Tür vor der Nase zuschlagen. Doch der Mesmer hatte schon einen Fuß dazwischengesetzt. „Gelobt sei Jesus Christus“, sagte er.

„In Ewigkeit, Amen“, vollendete der Mönch und bekreuzigte sich.

Der Mesmer holte ein Schreiben aus seiner Jackentasche, das ihm der Pfarrer mitgegeben hatte, und reichte es dem Mönch.

„Die Kinder sind den ganzen Tag marschiert, sie können nicht mehr weiter.“ Mit diesen Worten wollte er dem Mönch die Möglichkeit nehmen, sie wegzuschicken.

„Ja, aber ...“

„Ein Nachtlager und eine warme Suppe werdet ihr doch für sie haben, Bruder.“

Der Mönch seufzte und gab ihm das Schreiben zurück. „In

Gottes Namen, kommt rein.“ Er führte sie in einen großen Raum, in dem zwei Reihen Tische standen. „Wartet hier!“

Die Kinder nahmen ihre Rucksäcke ab und setzten sich auf die Bänke. Es dauerte nicht lange, bis der Mönch mit drei weiteren Mönchen zurückkam.

„Ich bin Pater Josef“, sagte der Älteste. „Ihr müsst wissen, dass gestern schon zwei Gruppen hier waren …“

„Aber die Kinder sind so müde und hungrig, dass sie nicht weiterkönnen, Pater Josef“, wiederholte Josef Gruber. „Einige haben keinen Bissen mehr im Rucksack.“

„Ja, ja, ihr könnt über Nacht bleiben“, sagte Pater Josef. „Bruder Franz wird den Ofen einheizen, dass den Kindern warm wird und ihre Schuhe und Kleider trocknen. Und er wird euch Decken für die Nacht bringen. Bruder Anton wird eine Suppe kochen, aber sie wird nicht sehr dick sein, denn die Zeiten sind schlecht.“

„Vergelt's Gott“, sagte der Mesmer.

Eine halbe Stunde später war es in dem Raum so warm, dass die Kinder ihre Oberkleider ausziehen konnten.

Traudl und Jakob klagten über Schmerzen an den Füßen. Josef Gruber schaute sie an und stellte fest, dass beide Blasen hatten. „Die müssen wir aufstechen“, sagte er.

„Nicht aufstechen!“, bat Traudl mit weinerlicher Stimme.

„Das muss sein“, sagte Josef Gruber. „Dann tut's nicht mehr so weh.“

Bruder Franz holte eine Nadel, mit der Jakob in die Blase an der rechten Ferse stach. Sofort quoll das Blasenwasser heraus.

Traudl rieb die Nadelspitze auf der Blase herum, brachte es aber nicht fertig, hineinzustechen. Josef Gruber nahm ihr die Nadel aus den Fingern, und bevor Traudl etwas tun konnte, stach er zu. Sie schrie auf.

„Schon vorbei“, sagte er.

Bruder Franz öffnete ein Stoffbeutelchen. „Ich habe hier ein Pulver, das streuen wir auf die Blasen, damit sie sich nicht entzünden.“

Der Mesmer bedankte sich bei ihm. „Könnt ihr mir nicht etwas von dem Pulver mitgeben?“, bat er. „Bis Ravensburg wird es bestimmt noch mehr Blasen geben.“

Bruder Franz hob die Augenbrauen, stieß die Luft hörbar aus – aber er gab ihm von dem Pulver.

Kilian trat von einem Bein aufs andere. „Ich muss ganz dringend“, sagte er. Und er war nicht der Einzige. Bruder Franz führte sie zum Abort.

Als sie wieder zurückkamen, stand schon die Suppe auf dem Tisch. Sie schmeckte längst nicht so köstlich wie die am Tag zuvor. Aber sie machte warm im Bauch und zusammen mit einer Scheibe Brot stillte sie wenigstens den größten Hunger.

Bevor sie sich schlafen legten, nahm Pater Josef den Mesmer zur Seite und sagte leise: „Ihr achtet doch darauf, dass die Mädchen Abstand von den Buben haben? Einige sind in dem Alter … na, ihr wisst schon.“

Ich habe andere Sorgen, hätte Josef Gruber am liebsten erwidert. Aber er schwieg und nickte nur.

Obwohl es viel mehr Platz gab als in der Bauernstube, legten sich die Kinder zum Schlafen wieder dicht nebeneinander. Josef Gruber mischte sich nicht ein, wer neben wem liegen durfte und wer nicht. Stattdessen betete er mit ihnen wie jeden Abend vor dem Schlafen das Vaterunser.

Jakob dachte an daheim, sah seine Eltern und die kleinen Geschwister vor sich, spürte ein Ziehen in der Brust und musste kräftig schlucken, um nicht loszuweinen. Bei anderen nützte alles Schlucken nichts. Doch bald sorgte die Müdigkeit dafür, dass das leise Weinen verstummte.

Traudl schmiegte sich eng an Anna und tastete nach ihrer Hand. Anna ließ sie ihr. Sekunden später war das kleine Mädchen eingeschlafen.

Ein Sack Kartoffeln

Bei Tagesanbruch weckte Josef Gruber die Kinder. Einige schliefen so tief, dass er sie regelrecht schütteln musste. Sie tappten wie Schlafwandler zum Abort. Daneben befand sich ein kleiner Raum, wo sie sich waschen sollten, zuerst die Buben, dann die Mädchen. Das kalte Wasser machte sie mit einem Schlag hellwach.

In der Zwischenzeit schaute Josef Gruber sich die Schuhe an und stellte fest, dass etliche auseinanderzufallen drohten. „Mit denen kommen sie nicht bis Ravensburg", sagte er zu Pater Josef.

„Aber wir haben keine Schuhe für die Kinder", entgegnete der Mönch kopfschüttelnd.

„Das glaub ich wohl", sagte der Mesmer. „Aber doch bestimmt Tuchstücke, die wir um die Schuhe wickeln und festbinden können, damit sie noch ein paar Tage halten."

„Ich will sehen, was sich machen lässt", sagte Pater Josef.

Währenddessen stellte Bruder Anton zum Frühstück einen großen Topf mit Grießbrei und zwei Schüsseln Apfelmus auf den Tisch. Das schmeckte den Kindern so gut, dass sie zum Schluss ihre Teller ausleckten.

Dann brachte Bruder Franz mehrere Tuchstücke, die er und der Mesmer um die Schuhe banden, die es am nötigsten hatten. Anschließend machten die Kinder sich fertig und verabschiedeten sich mit einem vielstimmigen „Vergelt's Gott!".

Vor dem Kloster zählte Josef Gruber die Kinder zur Sicherheit, dann ging es ohne lange Umschweife und in zügigem Tempo weiter. Weiße Flöckchen tänzelten in der Luft, aber es lag längst nicht mehr so viel Schnee wie auf den Etappen der ersten beiden Tage.

Immer wenn sie durch eine Ortschaft kamen, klopften sie an die Türen und baten um etwas zu essen. Manchmal bekamen sie Brot, ein paar Kartoffeln, ein Stück Käse oder gedörrtes Obst; manchmal wurden sie beschimpft und weggeschickt.

Ein Bauer behauptete, er habe selbst kaum noch etwas zum Essen und könne nichts davon abgeben.

„Der lügt", meinte Xaver. „Habt ihr seinen dicken Bauch gesehen? Der hat bestimmt mehr als genug."

„Bei dem würde ich gern mal in die Speis und in den Keller schauen", sagte Ludwig.

Xaver grinste. „Los, das machen wir!"

Jakob schüttelte entsetzt den Kopf. „Ihr könnt doch nicht …"

„Ihr geht weiter, dass der Sepp nichts merkt", unterbrach Xaver seinen Freund. „Luggi und ich schauen mal nach."

Jakob wollte noch etwas sagen, aber die zwei liefen schon geduckt zu dem Haus zurück. Dort schlichen sie durch den Stall, kamen in eine kleine Werkstatt und entdeckten im Boden einen Verschlag.

„Da drunten ist bestimmt der Keller", flüsterte Ludwig. „Halt meinen Rucksack! Ich geh runter, du passt auf!" Er hob den Verschlag hoch und stieg mit klopfendem Herzen die Treppe hinunter. Durch ein kleines Fenster fiel ein wenig Licht herein. Unten huschten Mäuse herum und verschwanden irgendwo. Ludwig schaute sich um, hob den Deckel eines Tonfasses hoch und schnupperte. Hier lagerte Kraut. Dann sah er einen Holzverschlag, der zu drei Vierteln voll mit Kartoffeln war, schnappte sich einen der Säcke, die an dem Verschlag hingen, und füllte ihn hastig. Einen Moment überlegte er, ob er den Hahn eines der beiden Mostfässer öffnen sollte, um zu trinken, da hörte er Xaver leise rufen: „Luggi, komm rauf!" Er schwang den Sack auf den Rücken und stieg schnell die Treppe hoch.

Xaver zeigte zum Fenster. „Da kommt er."

„Los, weg!", zischte Ludwig.

Xaver machte den Verschlag zu, dann verschwanden sie unbemerkt durch den Stall, liefen, so schnell Ludwig mit dem Sack auf dem Rücken konnte, vom Hof und den anderen hinterher. Damit Josef Gruber nicht gleich etwas merkte, ging Ludwig am Schluss.

„Was ist da drin?", fragte Anna.

„Etwas Gutes", antwortete Ludwig nur und lächelte.

Um die Mittagszeit kamen sie an einer halb zerfallenen Scheune vorbei.

„Es liegt fast kein Schnee drin, da können wir doch Brotzeit machen", schlug Johannes vor.

Zuerst hatte Josef Gruber Bedenken, aber dann murmelte er: „Sie wird ja nicht gerade vollends einfallen, wenn wir eine halbe Stunde drin sind. Also los, rein mit euch!"

Ein paar der Buben rissen morsche Bretter ab, aus denen der Mesmer ein Feuer machte. Die Kinder kauerten sich drum herum, um sich ein wenig zu wärmen und das Erbettelte zu essen. Da kam Ludwig, der sich bisher im Hintergrund gehalten hatte, und schüttete den halben Sack Kartoffeln ins Feuer.

„Woher hast du die?", fragte der Mesmer überrascht.

„Von dem dicken Bauern", antwortete Ludwig, was nicht gelogen war.

Der Mesmer bekreuzigte sich.

„Er hat noch so viel davon, dass er nicht hungern muss", sagte Ludwig schnell. „Auch Sauerkraut und andere Sachen. Der Herr Pfarrer hat einmal gesagt, dass in der Bibel steht: Wer zwei hat, gebe dem eins, der keins hat."

„Ludwig, Ludwig", sagte der Mesmer nur und schüttelte den Kopf.

Nach einiger Zeit stocherte er die schwarzen Kartoffeln mit einem Stock aus dem Feuer. „Vorsicht, die sind heiß!", warnte er die Kinder.

Doch die meisten konnten nicht warten, bis sie abgekühlt waren, griffen zu, ließen sie fallen, pusteten, verbrannten sich beinahe die Finger, pusteten wieder, bissen hinein, drehten die Bissen hechelnd im Mund, schluckten die heiße Köstlichkeit hinunter und spürten sie bis in den Magen.

Jakob wunderte sich über Josef Gruber. Der war Mesmer und wusste, dass man nicht stehlen durfte. Das stand in den Zehn Geboten. Aber er hatte Ludwig nicht geschimpft. Nun verteilte er die gestohlenen Kartoffeln und nichts passierte.

Nach einigem Zögern nahm auch Jakob eine Kartoffel. Er aß sie langsam und spürte die Wärme im Bauch mehr als das schlechte Gewissen.

Satt und aufgewärmt machten sie sich wieder auf den Weg. Für den Notfall hatten sie immer noch einen halben Sack Kartoffeln.

Auf halber Strecke zwischen Rankweil und Götzis war der Abstand zwischen den Großen vorn und Anna mit den Kleinen hinten immer mehr angewachsen.

„Ich kann nicht mehr", jammerte Traudl und ließ sich auf den Boden fallen.

„Komm, steh auf!", sagte Anna. „Wir müssen weiter."

„Ich will hier liegen bleiben."

„Lauf nach vorn!", sagte Anna zu Jakob. „Sie sollen warten und der Sepp soll kommen."

Laufen konnte Jakob nicht mehr, dazu waren auch seine Beine zu schwer. Aber er ging, so schnell er konnte, und rief schon von Weitem: „Bleibt stehen! Traudl liegt dahinten! Sepp, du musst kommen!"

Josef Gruber eilte zurück, kniete neben Traudl und fragte: „Was ist los?"

„Ich bin so müd, ich will hier liegen bleiben", wiederholte sie.

„Das geht nicht." Er stellte sie auf die Füße, doch sie knickte gleich wieder ein. Da hob er sie hoch und nahm sie auf die Arme. „Los, weiter!", forderte er die anderen auf. „Bis zum nächsten Bauernhof müssen wir noch gehen. Dort frage ich nach einem Nachtlager."

Nach etwa einem Kilometer sahen sie abseits des Weges einen kleinen Hof. Josef Gruber klopfte mit Traudl auf dem Arm an die Tür. Ein Mädchen in Traudls Alter öffnete.

„Ist dein Vater da oder deine Mutter?"

Das Mädchen wandte sich um und rief: „Mutter, da ist ein Mann mit einem Mädchen!"

Die Bäuerin tauchte auf, rieb sich die Hände an der Schürze trocken und fragte: „Ja, was gibt's?"

„Ich bin mit den Kindern auf dem Weg ins Schwabenland", antwortete der Mesmer. „Aber das Mädchen ist völlig erschöpft. Und ich habe noch ein paar dabei, die nicht mehr weiterkönnen."

Die Bäuerin schien zu überlegen. Bevor sie etwas sagen konnte, kam ihr Mann aus dem Stall. „Was ist hier los? Was wollen die vielen Kinder?"

Josef Gruber hörte schon am Ton, dass es schwierig werden würde, und wählte seine Worte mit Bedacht. „Wir kommen aus Galtür in Tirol und sind auf dem Weg ins Schwabenland. Wir wären euch für ein Nachtlager sehr dankbar. Und für etwas zu essen", fügte er noch hinzu.

Der Bauer schüttelte den Kopf. „Zu essen haben wir nichts. Wir werden selbst kaum satt. Und Platz im Haus haben wir auch nicht für so viele Kinder. Aber wenn ihr in der Scheune im Heu schlafen wollt, das könnt ihr meinetwegen."

Josef Gruber zögerte, dann nickte er. „Also gut."

Der Bauer führte sie in die Scheune. Dort stieg er die Leiter hoch und warf Heu hinunter, das die Großen auf dem Boden verteilten.

Einige legten sich sofort hin, andere mussten noch hinter die Scheune, um ihr Geschäft zu verrichten. Dann teilten sie, was sie zu essen hatten.

„Für morgen Früh haben wir ja noch die Kartoffeln", sagte der Mesmer. Doch das hörten manche schon nicht mehr. Auch die andern waren so müde, dass sie bald einschliefen, obwohl es in der Scheune kalt war.

Am Bodensee

Am nächsten Morgen brachte die Bäuerin eine Kanne mit kuhwarmer Milch in die Scheune. „Mehr hab ich nicht, aber einen halben Becher für jedes müsste es geben", sagte sie leise. „Trinkt schnell, damit mein Mann nichts merkt."

„Vergelt's Gott", sagte der Mesmer.

Mit den paar Schlucken Milch und zwei heißen Kartoffeln im Bauch machten sie sich wieder auf den Weg. Weil es keinen Schnee mehr einzutreten gab, ließ Josef Gruber nun die Kleinen vorn gehen. Sie sollten das Tempo bestimmen.

„Wie weit ist es denn noch?" Toni musste kräftig husten.

„Wenn wir heute gut vorankommen, sehen wir schon den Bodensee", antwortete der Mesmer. „Dann haben wir das Schlimmste hinter uns."

Wieder hustete Toni.

Der Bub gefiel Josef Gruber gar nicht und er warf ihm einen besorgten Blick zu.

Kurz hinter Götzis wurden sie von einem Pferdefuhrwerk überholt. Es hatte Getreidesäcke geladen. Der Bauer bremste die Pferde und sprach Josef Gruber an. „Du bist mit den Kindern bestimmt auf dem Weg ins Schwabenland?"

„Ja."

„Und woher kommt ihr?"

„Aus Galtür in Tirol. Wir sind schon den vierten Tag unterwegs. Einige haben Blasen an den Füßen und …"

„Steigt auf“, unterbrach ihn der Bauer. „Ich muss mit dem Getreide nach Dornbirn und nehm euch bis dahin mit.“

„Vergelt’s Gott“, sagte der Mesmer.

Die Kinder kletterten auf den Leiterwagen und setzten sich auf die Säcke.

„Passt gut auf, dass keines runterfällt!“, rief der Bauer nach hinten.

Josef Gruber setzte sich neben den Bauern und unterhielt sich mit ihm.

Nach einiger Zeit fuhren sie an etwa dreißig Kindern vorbei, denen man schon von Weitem ansah, dass sie auch auf dem Weg ins Schwabenland waren. Sie schauten sehnsüchtig zu den Kindern auf dem Leiterwagen hoch.

„Euch kann ich leider nicht auch noch mitnehmen!“, rief der Bauer ihnen zu. „Auf dem Wagen ist kein Platz mehr!“

„Wir haben es gut“, sagte Bonifaz. „Wir können fahren und die müssen laufen.“

Der Bauer schaute noch einmal zurück und schüttelte den Kopf. „Seit Tagen sieht man solche Kinder“, sagte er. „Es ist eine Schande, dass unser Kaiser das nicht verhindert.“

„Der Kaiser!“ Josef Gruber lachte bitter. „Der sitzt in seinem Schloss in Wien und weiß von der Not der Tiroler Bergbauern nichts. Und wenn er es weiß, interessiert es ihn nicht. Dem ist nur seine große Politik wichtig.“

„Wahrscheinlich hast du Recht“, brummte der Bauer. „Sonst hätte er schon lange etwas gegen dieses Elend unternommen.“

„Und irgendwann führt er wieder einen Krieg, dass er noch

mächtiger wird", redete Josef Gruber weiter. „Wenn er dafür Soldaten braucht, erinnert er sich an die Tiroler Bergbauern. Dann müssen sie fürs Vaterland kämpfen und sterben, obwohl sie dieses Land schon als Kinder verlassen mussten, um sich in der Fremde satt essen zu können."

Der Bauer schaute ihn nachdenklich an, sagte jedoch nichts. Und auch Josef Gruber schwieg. In Dornbirn bedankte er sich noch einmal fürs Mitnehmen und zog mit seiner Schar weiter. In den Dörfern und Weilern, durch die sie kamen, bettelten sie wieder um Essen. Dabei zeigte sich, dass die Leute eher etwas gaben, wenn die Kleinen fragten. Also schickten sie Traudl, Toni, Maria, Kilian und Severin vor.

Um die Mittagszeit schien die Sonne vom wolkenlosen Himmel und wärmte die Kinder ein wenig. Sie setzten sich am Waldrand auf Baumstämme und aßen, was sie erbettelt hatten.

Toni kaute schwer auf einem Stück Brot herum.

„Du musst essen, damit du Kraft bekommst", sagte der Mesmer. „Nicht dass du uns noch krank wirst."

Toni nickte, aber man sah ihm an, dass ihm das Kauen schwerfiel.

Bis auf Toni hätten alle noch mehr essen können, doch mehr war nicht da. Das kannten sie nur zu gut von daheim.

„Denkt mal, wie viel Schnee lag und wie kalt es war, als wir daheim losgefahren sind", sagte der Mesmer, um die Kinder auf andere Gedanken zu bringen. „Und hier ist es schon fast Frühling. Kommt, bis zum Bodensee ist es nicht mehr weit!"

Als sie nach einer guten Stunde Bregenz erreichten, trauten die Kinder, die zum ersten Mal dabei waren, ihren Augen kaum. So viele, so große und so schöne Häuser hatten sie noch nie gesehen. Und der Kirchturm war so hoch, dass einem schwindelig werden konnte, wenn man hinaufschaute.

Sie kamen an einigen Läden und auch an einer Metzgerei vorbei. Durch das Schaufenster sahen sie Fleischstücke, Schinken und Würste an Haken hängen, dass ihnen das Wasser im Mund zusammenlief und sie den Hunger deutlicher spürten als zuvor.

Plötzlich wandte sich Jakob zur Tür und öffnete sie.

„Verschwinde!“, rief die Frau hinter der Theke, bevor er den Mund aufmachen konnte.

„Wir haben …“

„Du sollst verschwinden!“

Jakob drehte sich um und trottete zu den andern.

„Das hätte ich dir gleich sagen können“, sagte Xaver. „Von denen bekommen wir nichts.“

„Aber die haben doch so viel.“

„Nicht alle, die viel haben, geben etwas davon ab“, sagte der Mesmer. „Das ist leider so. Aber in Lochau gibt’s ein Wirtshaus, da bekommen wir etwas zu essen. Das verspreche ich euch!“

Noch mehr als über die hohen Häuser staunten die Kinder über das große Wasser. Dass es Seen und Meere gab, deren Ende man nicht sehen konnte, wussten die Kinder zwar von ihrem Lehrer, aber richtig vorstellen konnten sie sich das im Schulzimmer nicht. Am Ufer eines solchen Sees zu stehen und ihn mit eigenen Augen zu sehen, war etwas völlig anderes als ein blauer Fleck auf der Landkarte.

„Der ist ja riesig", murmelte Jakob tief beeindruckt.

„Schau mal, das Schiff!", sagte Ludwig. „Mit dem kann man über den See fahren."

„Warum geht das nicht unter?", fragte Jakob. „Es ist doch bestimmt sehr schwer."

„Keine Ahnung, wie sie das machen", antwortete Ludwig. „Jedenfalls schwimmt es, das siehst du ja."

„Ich würde mich nicht auf das Schiff trauen", sagte Maria. „Da hätte ich Angst zu ertrinken."

„Du brauchst keine Angst zu haben", sagte Josef Gruber. „Wir fahren nicht mit dem Schiff, das kostet nämlich Geld, und Geld habt ihr keins."

Sie gingen am See entlang in Richtung Lochau. Die östlichen Hänge waren noch schneebedeckt und auch am Wegrand lagen schmutzige Schneereste, die in der Sonne weiter tauten und den Weg nass und dreckig machten.

„Passt auf, wo ihr hintretet!", warnte Josef Gruber die Kinder. „Damit eure Schuhe nicht unnötig nass werden."

Weil der Bauer sie auf seinem Leiterwagen mitgenommen hatte, standen sie schon kurz nach vier vor dem Wirtshaus „Zum Pfänder" in Lochau.

„Wartet hier!", sagte Josef Gruber und ging hinein. Wenig später stand er wieder in der Tür und winkte den Kindern. Sie betraten die warme Gaststube, die um diese Zeit noch leer war.

„Grüß euch Gott!“, sagte Kreszentia Moser, die Wirtin. „Setzt euch erst einmal hin; ihr seid bestimmt recht müd von dem langen Weg.“ Dann öffnete sie eine Tür und rief: „Hannes, komm doch mal, es ist wer da!“

Als der Wirt in die Gaststube trat, stutzte er einen Moment. „Sepp!“, rief er dann und sein Gesicht wurde hell. „Grüß dich, alter Freund!“ Er gab ihm die Hand und drückte sie kräftig.

„Grüß dich, Hannes!“, sagte Josef Gruber. „Schön, dich zu sehen.“

„Wie geht's dir?“, fragte Hannes Moser. „Ihr habt bestimmt noch viel Schnee. Erzähl mal!“

„Erzählen kann er später“, ging seine Frau dazwischen. „Die Kinder sind müd und hungrig und möchten was zu essen.“

„Hast recht, Zenzi“, sagte er und wandte sich an die Kinder. „Grüß euch Gott!“

„Grüß Gott“, antworteten sie.

„Na, jetzt habt ihr den schlimmsten Teil des Weges hinter euch. Gell, bei uns hat's nicht so viel Schnee wie bei euch droben in Galtür, und es ist auch viel wärmer. Man kann den Frühling schon riechen.“ Er zog die Nase hoch und schnupperte.

Hinter seinem Rücken schüttelte seine Frau den Kopf und rollte die Augen. Das sah so komisch aus, dass einige Kinder lachen mussten.

„Was ist denn so lustig?“, fragte der Wirt.

„Du“, sagte seine Frau. „Hältst den Kindern schöne Reden, aber davon werden sie nicht satt.“

„Na, dann mach du ihnen mal was zu essen“, erwiderte er.

„Ich bereite oben derweil ihr Lager und heize ein, damit sie es schön warm haben, wenn sie schlafen gehen. Gefroren haben sie lange genug."

Josef Gruber nickte. Und zu Kreszentia Moser sagte er: „Ein paar sind erkältet, am schlimmsten der Toni. Du hast doch so ein gutes Hausmittel. Das hat schon vielen geholfen und hilft ihnen bestimmt auch."

„Eins nach dem andern", sagte sie. „Ihr geht jetzt alle nach oben und bringt eure Sachen rauf. Ich koche erst mal eine Suppe. Dann sehen wir weiter."

Eine Stunde später waren die Kinder satt und die Erkälteten bekamen einen heißen Trank, den Kreszentia Moser für sie gebraut hatte. Er schmeckte furchtbar bitter und Toni wollte schon aufgeben.

„Leer trinken!", sagte sie erbarmungslos. „Sonst hilft er nicht."

Als die Tassen bis zum letzten Tropfen geleert waren, führte Kreszentia Moser die erkälteten Kinder nach oben und deckte sie auf den Strohsäcken gut zu.

Die anderen blieben noch unten sitzen, wo der Wirt und Josef Gruber Geschichten aus ihrer Kindheit erzählten. Beide waren in Galtür aufgewachsen und als Buben die besten Kameraden gewesen.

„Einmal habe ich den Sepp auf die Schultern genommen. Dann hat er ein schwarzes Tuch um sich gehängt. Das war so lang, dass es mich bis zum Bauch verdeckte. Unten sah man nur meine Beine, oben nur seinen Kopf."

„Dann hab ich dich dirigiert, weil du ja unter dem schwarzen Tuch nichts gesehen hast", erzählte Josef Gruber die Geschichte weiter. „So sind wir bis in die Kirche gegangen. Als die Leute uns sahen, dachten sie, ich sei über Nacht einen Meter gewachsen. Eine Frau hat die Augen verdreht und ist ohnmächtig geworden, eine andere ist vor uns niedergekniet, hat sich bekreuzigt und immer wieder gerufen ‚Ein Wunder ist geschehen! Ein Wunder!'"

„Da konnte ich mir das Lachen fast nicht mehr verkneifen und hatte Mühe, mich senkrecht zu halten", erinnerte sich Hannes Moser.

„Ja, und ich wär beinahe runtergefallen", sagte Josef Gruber gespielt vorwurfsvoll. „Wir haben es gerade noch aus der Kirche geschafft, bevor ich abspringen musste. Dann haben wir uns halb totgelacht."

Auch die Kinder lachten.

„Und die Leute haben den Schwindel nicht bemerkt?", fragte Ludwig.

„Doch, natürlich", antwortete Hannes Moser. „Nach dem ersten Schreck war den meisten schnell klar, dass wir ihnen einen Streich gespielt hatten. Und zu Hause habe ich von meinem Vater dafür ein paar saftige Watschen bekommen."

„Ich auch", sagte Josef Gruber. „Aber die war mir der Streich wert."

„Weißt du noch, was wir dem alten Graubichler getan haben?", fragte Hannes Moser.

Josef Gruber nickte. „Der hat immer den Hund auf uns Kinder gehetzt, wenn wir zu nah an seinem Haus vorbeigelaufen sind.“

„Das war aber gemein“, sagte Anna.

„Genau“, stimmte Hannes Moser zu. „Eines Tages haben wir ihn mit seinem Kuhfuhrwerk in Richtung Tschafein fahren sehen. Da wussten wir, dass er nicht so schnell zurück sein würde. Wir haben einen Korb mit Steinen gefüllt und sind damit in sein Haus geschlichen. In der Schlafkammer haben wir die Steine in den Strohsack gesteckt und ihn dann wieder ins Bett gelegt.“

„Leider konnten wir nicht dabei sein, als er am Abend schlafen gehen wollte“, sagte Josef Gruber.

„Ja, das war schade.“ Hannes Moser lächelte. „Wir hätten zu gerne gesehen und gehört, wie er geschimpft hat, als er auf den Steinen lag. Aber man kann nicht alles haben im Leben.“

„Richtig“, sagte seine Frau, die gerade dem ersten Gast am Stammtisch ein Bier gebracht hatte. „Und ihr habt den Kindern genug erzählt. Ihr verderbt sie ja noch mit euren Geschichten. Die Kinder gehen jetzt nach oben, sie brauchen ihren Schlaf. Schließlich haben sie noch ein gutes Stück Weg vor sich.“

Jakob zweifelt

Am nächsten Morgen näherten sie sich kurz hinter Lochau der Grenze. Josef Gruber winkte die Jüngsten zu sich. „Was müsst ihr antworten, wenn euch der Zöllner fragt, wie alt ihr seid?“

„Zehn“, kam es wie aus einem Mund.

Er nickte. „Das ist zwar eine Lüge, aber Notlügen erlaubt der liebe Gott. So, und jetzt bildet ihr einen Haufen, nehmt die Kleinsten in die Mitte und folgt mir.“

Er ging voraus, holte die Reisepapiere aus dem Rucksack und streckte sie durch das kleine Fenster in das Holzhäuschen, wo ein Zöllner an einem Tisch saß. „Grüß Gott! Ich bin mit achtzehn Kindern auf dem Weg von Galtür nach Ravensburg.“

Der Zöllner brummelte etwas in seinen Bart, schaute die Papiere an, erhob sich, setzte seine Mütze auf, kam heraus und zählte die Kinder. Plötzlich hielt er inne. „Ihr zwei“, sagte er und zeigte auf Traudl und Toni. „Kommt mal näher!“

Beide zögerten und schauten Hilfe suchend zu Josef Gruber.

„Wird's bald!“, schnauzte der Zöllner.

Sie traten vor und der Zöllner musterte sie von oben bis unten. „Wie alt seid ihr?“

„Zehn“, antworteten sie.

„Ihr seid doch nie und nimmer zehn“, sagte der Zöllner. „Wie heißt ihr?“

„Toni Altinger“, antwortete Toni, dem es nach dem Trunk, den ihm Kreszentia Moser gegeben hatte, deutlich besser ging.

Traudl war den Tränen nahe und konnte ihren Namen nicht sagen.

„Sie heißt Gertraud Bichler“, antwortete Josef Gruber für sie.

Der Zöllner warf ihm einen Blick zu, der nichts Gutes verhieß. Dann suchte er die entsprechenden Papiere, schüttelte den Kopf und wiederholte: „Nie und nimmer!“ Er wandte sich an Josef Gruber. „Wir haben Anweisung, keine Kinder unter zehn Jahren ins Land zu lassen.“

„Die beiden sind etwas klein für ihr Alter, aber es gibt eben sehr verschiedene Kinder“, erwiderte der Mesmer.

„Etwas klein für ihr Alter“, wiederholte der Zöllner. „Dass ich nicht lache! Du hältst mich wohl für dämlich, was?“

„Das hab ich nicht gesagt.“

„Die zwei lasse ich nicht durch“, brummte der Zöllner.

„Aber es steht in den Papieren, dass sie zehn sind.“ Der Mesmer ließ nicht locker.

„Nie und nimmer“, beharrte der Zöllner. „Die sind nicht mal neun, das sieht doch ein Blinder. Die lasse ich auf keinen Fall durch.“

Der Mesmer schluckte. „Dann müssen sie hier bei Euch bleiben, denn ich muss mit den anderen weiter nach Ravensburg.“ Er streckte die Hand nach den Reisepapieren aus.

Der Zöllner zögerte.

„In Ravensburg werde ich auf dem Amt melden, dass Ihr zwei Kinder an der Grenze festgehalten habt, obwohl in ihren Papieren steht, dass sie zehn Jahre alt sind.“

„Ach, rutsch mir doch den Buckel runter!“, schnauzte der Zöllner und drückte ihm die Papiere in die Hand. „Was kümmert’s mich, wie alt die sind!“

Josef Gruber hätte ihm gern noch einiges gesagt, ließ es jedoch bleiben, weil er fürchtete, der Zöllner könnte es sich dann noch mal anders überlegen.

„Das war knapp“, sagte Franz, als sie außer Hörweite waren.

Erleichtert zogen sie weiter. Die Wege waren schneefrei und die Sonne schien. Trotzdem kamen sie nur langsam voran, weil einige über schmerzende Füße klagten. Josef Gruber hatte gehofft, sie würden es bei dem guten Wetter bis kurz vor Ravensburg schaffen, aber es wurde schon dunkel, als sie Tettnang erreichten. Also musste er dort ein Nachtquartier suchen. Die besseren Plätze waren schon von anderen Gruppen belegt, sodass ihnen nur eine Scheune zum Übernachten blieb. Die Kinder waren so müde, dass sie sich sofort ins Heu legten und einschliefen, ohne noch etwas zu essen.

Morgens zeigte die Bäuerin Erbarmen und kochte einen Brei, der wenigstens den schlimmsten Hunger stillte. Sie bedankten sich und machten sich zum letzten Mal auf den Weg.

„Heute haben wir nur noch halb so viel vor uns wie gestern“, sagte Josef Gruber, um die Kinder zu ermuntern. „Der liebe Gott meint es gut mit uns und lässt wieder die Sonne für uns scheinen.“

Sie scheint doch nicht nur für uns, sondern für alle, dachte Jakob. Er fragte sich, ob der liebe Gott überhaupt wusste, dass sie auf dem Weg nach Ravensburg waren. In den vergangenen Tagen hatte er gesehen, dass es Leute gab, die in großen Häusern wohnten und so viel zu essen hatten, dass sie sogar etwas davon abgeben konnten. Und daheim reichte es nicht, um satt zu werden. Deswegen mussten sie den langen Weg in die Fremde gehen. Warum sorgte der liebe Gott nicht dafür, dass auch sie daheim genug zu essen hatten?

Solche Gedanken gingen Jakob durch den Kopf, aber die behielt er für sich. Stattdessen fragte er Xaver: „Gehst du wieder zum gleichen Bauern wie letztes Jahr?"

„Wenn er kommt und mich will."

„Du hast einmal gesagt, es gibt gute und schlimme Bauern. Ich habe Angst, dass ich zu einem schlimmen komme", sagte Jakob.

„Wenn einer von uns bei einem schlimmen Bauern war und der wieder auf den Markt kommt, malt man ihm einen weißen Strich auf den Rücken", erklärte Xaver. „Wenn du so einen siehst und der dich mitnehmen will, musst du sagen: Ich bin schon verkauft."

„Gibt es auch Bauern, die zwei Buben nehmen?"

Xaver hob die Schultern.

„Meine Mutter hat gesagt, ich soll auf Kilian aufpassen", fuhr Jakob fort. „Aber das kann ich doch nicht, wenn er zu einem andern Bauern kommt als ich."

Wieder zuckte Xaver die Schultern. „Da ist halt nichts zu machen."

Das ist leicht gesagt, dachte Jakob und hielt nach seinem

Bruder Ausschau. Der ging ein Stück weiter vorn neben Severin. Jakob beschleunigte seine Schritte. Das mit dem weißen Strich musste er ihm unbedingt sagen.

Wie in den Tagen zuvor baten die Kinder an den Türen um etwas zu essen. Weil sie nicht die Einzigen auf dem Weg nach Ravensburg waren, bekamen sie nicht überall etwas und oft nicht viel. Hungrig und müde näherten sie sich am Nachmittag ihrem Ziel und sahen schon von Weitem einige Türme in den Himmel über der Stadt ragen.

Kurz vor Ravensburg kannte Josef Gruber Bauersleute, die selbst keine Kinder hatten und seine Schützlinge für die Nacht immer freundlich aufnahmen. Jedes Jahr durfte einer der Buben bei ihnen bleiben. Und weil alle wussten, dass der es gut hatte, strengten sie sich an, um sich von ihrer besten Seite zu zeigen.

„Nun habt ihr den langen Weg geschafft“, sagte der Bauer, Wilhelm Breitmeier, freundlich. „Es war bestimmt wieder sehr anstrengend.“

Josef Gruber nickte. „Schon, aber letztes Jahr lag viel mehr Schnee, da war es schlimmer.“

„Ja, dieses Jahr scheint der Frühling früher zu kommen“, sagte die Bäuerin. „Trotzdem ist es draußen noch kühl und deswegen kommt ihr jetzt rein.“

Sie ging voraus in die geräumige Küche. Dort dirigierte sie einige an den Tisch, andere an den warmen Kachelofen und die Letzten auf die Bank, die an der gegenüberliegenden Wand stand. Dann stellte sie sich an den Herd, hantierte mit Pfannen und Töpfen. Bald blubberte und brutzelte und duftete es, dass die Kinder ihren Hunger deutlicher spürten als zuvor.

Als sie später satt und müde auf dem mit Stroh ausgelegten Boden lagen, fingen Jakobs Gedanken wieder an zu kreisen. Er war froh und dankbar, dass es Leute wie die Breitmeiers gab. Aber erneut fragte er sich, warum sie so viel hatten und andere so wenig. Lag es daran, dass sie keine Kinder hatten? Ihm fiel ein, was Anton Lechleitner am ersten Abend zu Josef Gruber gesagt hatte: Wenn ich sieben oder acht Kinder hätte, würde es nicht für alle reichen und ich müsste auch ein paar ins Schwabenland schicken. Deswegen habe ich nur zwei, und für die reicht's.

Wenn daheim nur Kilian und ich wären, hätten wir keine Not, dachte Jakob. Aber es gab eben auch Theresia, Vroni und Johannes und bald noch ein Geschwisterchen. Warum hatten die einen so viele Kinder und andere gar keines oder nur eins oder zwei? Die Kinder sind Geschenke Gottes, sagte der Pfarrer immer, wenn eines getauft wurde. Aber warum schenkte Gott manchen sieben oder acht oder noch mehr Kinder? Er musste doch wissen, dass dann das Essen nicht reichte und sie hungern mussten. Das war nicht richtig von Gott.

Jakob erschrak. So durfte man nicht über Gott denken! Gott sieht alles, Gott hört alles, Gott weiß alles. Er kennt sogar deine Gedanken, hatte die Mutter oft zu ihm gesagt. Deswegen darfst du keine bösen Gedanken haben.

Dann weiß Gott jetzt, dass ich eben gedacht habe, er handle

nicht richtig, murmelte Jakob tonlos. Er spürte sein Herz pochen, starrte in die Dunkelheit und wartete darauf, dass etwas geschah. Gott musste ihn doch irgendwie bestrafen. Er wartete so lange, bis er schließlich einschlief.

Verkauft

Am andern Tag zeigte sich, dass die Schuhe auf dem langen Weg sehr gelitten hatten. Manche mussten erneut mit Schnüren zusammengebunden werden, damit sie noch an den Füßen hielten. Die von Jakob, Toni und Maria lagen in Fetzen auf dem Boden.

„Da ist nichts mehr zu machen", sagte Josef Gruber.

„Die Kinder können doch nicht barfuß in die Stadt gehen und auf dem Markt stehen", wandte Hulda Breitmeier ein.

Josef Gruber zog hilflos die Schultern hoch

„Ich hole ein paar Lumpen, dann können sie wenigstens die um die Füße binden."

Als alle Füße versorgt waren, gab es Frühstück. Anschließend warteten die Kinder gespannt, für wen sich die Breitmeiers entscheiden würden. Ihre Wahl fiel auf den zwölfjährigen Maximilian aus Tschafein. Den andern war die Enttäuschung deutlich anzusehen.

„Ihr kommt bestimmt auch zu netten Leuten", versuchte Hulda Breitmeier sie zu trösten.

Das hofften zwar alle, aber sicher konnte man da nie sein, das wussten sie.

Um sieben zogen sie los, denn Josef Gruber wollte schon vor acht auf dem Kindermarkt sein, um zu den Ersten zu gehören. Doch bald merkte er, dass andere auch so gedacht hatten wie er. Unterwegs trafen sie auf drei Gruppen. Und als sie von der

Weinberg- in die Bachstraße einbogen, sahen sie vor dem „Gasthof zur Krone“ noch mehr Kinder. Die ersten Bauern waren auch schon da. Zwischendrin standen Marktfrauen, die lebendige und geschlachtete Hühner, Gänse, Fische, Eier, selbst gemachte Marmelade und sonst noch allerlei feilboten. Ein Mann mit einem Bauchladen ging hin und her und pries lautstark seine Waren an. So ein buntes Treiben hatten viele der Kinder noch nie gesehen.

Jakob spürte sein Herz schneller schlagen. Am liebsten hätte er sich mit Kilian irgendwo versteckt und wäre später mit Josef Gruber wieder nach Hause gegangen.

„Bleibt alle beisammen!“, sagte der Mesmer. „Und lasst mich mit den Bauern verhandeln.“

Er wusste von den letzten Jahren, dass man sich nicht an den Rand drängen lassen durfte, wo man leicht übersehen wurde. Nein, man musste möglichst nah bei der „Krone“ stehen, auch wenn man angeschnauzt und angerempelt wurde, weil man im Weg war.

Jakob schickte ein stummes Gebet zum Himmel und bat den lieben Gott, dass Kilian und er zu guten Leuten kamen.

Es dauerte nicht lange, bis der erste Bauer Interesse zeigte. „Woher kommt ihr?“

„Aus Galtür in Tirol“, antwortete der Mesmer.

„Aus Tirol, das ist recht. Die Schweizer Kinder aus Graubünden mögen ja rechtschaffen sein, aber die reden so komisch, dass man sie nicht versteht. Mir sind die Tiroler am liebsten.“

„Das freut mich.“

Der Bauer hatte eine Pfeife im Mundwinkel und die Hände tief in die Hosentaschen gesteckt. Er ging langsam um die Gruppe herum und schaute die Kinder prüfend an. Jakob fühlte sich wie eines der toten Hühner, die er vorhin gesehen hatte.

Bevor der Bauer sagte, was genau er wollte, kam ein zweiter näher, entdeckte Xaver und rief: „Da ist ja der Xaver! Du kommst wieder mit mir!"

„Ha no!", sagte der andere Bauer. „Ich war zuerst da. Vielleicht nehm ich ja den Xaver."

„Kommt nicht infrage!"

„Das wollen wir doch mal sehen!"

Xaver stellte sich neben den Bauer, bei dem er letztes Jahr schon gewesen war, und sagte: „Ich geh mit ihm."

„So ist's recht", sagte der.

„Ich habe noch mehr Buben wie den Xaver", wandte sich Josef Gruber an den ersten Bauern. „Da ist bestimmt einer, den Ihr brauchen könnt."

Hoffentlich mich nicht, sagte Jakob in Gedanken, denn der Mann hatte eine Art, die ihn an Leonhard erinnerte: Ich war zuerst da! Ich war zuerst da! Das konnte Jakob nicht ausstehen.

Während der Bauer überlegte, blätterte der Mesmer in seinem Notizbüchlein. Darin stand, wie viel er für die Kinder in den vergangenen drei Jahren ausgehandelt hatte.

„Was soll er denn dieses Jahr kosten?", fragte der Bauer, bei dem Xaver das letzte Mal gewesen war.

„Fünfzehn Gulden und doppeltes Häs", antwortete Josef Gruber.

Es war üblich, dass die Kinder als Lohn für ihre Arbeit zweimal von Kopf bis Fuß eingekleidet wurden, was man „doppeltes Häs“ nannte. Die Bezahlung in Geld aber galt es zu verhandeln.

„Fünfzehn ist ein bisschen viel“, erwiderte der Bauer.

Josef Gruber tippte mit dem Finger in sein Büchlein. „Letztes Jahr hat er zehn gekostet. Jetzt ist er größer und stärker und kann besser zupacken. Ihr wart schon letztes Jahr mit ihm zufrieden, sonst würdet Ihr ihn nicht wieder haben wollen. Also wird er Euch doch fünfzehn Gulden wert sein.“

„Zwölf“, sagte der Bauer und streckte die Hand aus.

Josef Gruber verlangte vierzehn Gulden.

„Dreizehn, sonst such ich mir einen andern Buben.“

„Gilt!“, sagte Josef Gruber, schlug ein und schrieb in sein Büchlein:

Xaver = 13 G. und 2 x Häs

bei Heinrich Leibinger, Grünkraut

Den Namen und Wohnort des Bauern übernahm er aus seinen Notizen vom letzten Jahr.

Er war noch nicht ganz fertig mit Schreiben, da sagte eine Frau: „Ich suche ein Mädchen, das mir in Haus und Garten zur Hand geht und Gänse hüten kann.“

Josef Gruber schaute hoch und rief nach Traudl.

„Die ist mir zu klein“, sagte die Frau. „Die muss ja selbst noch gehütet werden.“

„Unsere Kinder sind das Arbeiten von klein auf gewohnt“, erwiderte Josef Gruber. „Die sind anders als die Kinder hier bei Euch.“

„Trotzdem."

„Ich gebe zu, ich hatte Bedenken, ob sie den schweren Weg überhaupt schaffen würde. Aber die Traudl ist zäh, sonst wär sie jetzt nicht hier." Josef Gruber ließ nicht locker. „Und weil sie noch etwas kleiner ist, kostet sie Euch auch nur sechs Gulden und doppeltes Häs. Dafür braucht's ja nicht viel Stoff. Und essen tut sie auch nicht so viel wie eine Große."

Die Frau musste lächeln. „Ihr versteht Euer Geschäft, das muss ich sagen." Sie schaute Traudl genauer an und fragte: „Wie viel Kinder seid ihr denn zu Hause?"

„Sechs."

„Sind deine Geschwister älter oder jünger als du?"

„Jünger. Ich bin die Größte."

„So, so, die Größte", sagte die Frau und wandte sich wieder an Josef Gruber. „Sechs Gulden sind trotzdem zu viel für so ein kleines Mädchen. Eigentlich müsste *ich* ja ein paar Gulden bekommen, wenn ich sie Euch abnehme und bis Martini durchfüttere …"

Josef Gruber wollte etwas einwenden, kam jedoch nicht dazu.

„Ihr braucht Euch nicht mehr anzustrengen", redete die Frau weiter. „Irgendwie gefällt mir die Kleine. Ich gebe drei Gulden für sie, aber keinen mehr!"

Diesmal schlug Josef Gruber sofort ein, denn damit war er eine Sorge los.

Inzwischen wurden die übrigen Kinder von mehreren Bauern begutachtet. Jakob fühlte sich so elend in seiner Haut wie noch nie. Er konnte keinem der Bauern in die Augen schauen. Da spürte er, wie sich eine Hand in seine schob und sie drückte.

„Ich will bei dir bleiben“, flüsterte Kilian.

Jakob konnte nur nicken.

„Was ist denn mit dem da?“, fragte ein Bauer und zeigte auf Jakob. „Ist der krank?“

„Der Jakob?“ Josef Gruber schüttelte den Kopf. „Der ist doch nicht krank. Der ist nur ein bisschen blass um die Nase, weil er zum ersten Mal dabei ist und das alles noch nicht kennt.“

„Und was soll er kosten?“

„Fünfzehn Gulden und doppeltes Häs“, antwortete Josef Gruber.

„Fünfzehn Gulden für einen, der aussieht wie eine gekotzte Milchsuppe!“, sagte der Mann. „Für fünfzehn krieg ich einen richtigen Kerl. Mehr als zehn ist der nicht wert.“

Jakob fühlte sich so schlecht wie noch nie in seinem Leben. Plötzlich drehte sich ihm der Magen um, das Frühstück kam ihm hoch und landete vor den Füßen des Bauern. Dessen Schuhe und Hose bekamen ein paar Spritzer ab.

„Pfui Teufel!“, rief er und wich zurück. „Du bist ja ein richtiger Sauhund! Dich nehm ich nicht mal umsonst!“ Damit zog er ab.

Auch alle anderen Marktbesucher machten um das Erbrochene einen Bogen.

„Kommt, wir müssen hier weg, sonst bleibt keiner mehr stehen“, sagte Josef Gruber und ging mit den Kindern ein paar Meter weiter. Am neuen Platz schaute er Jakob an. „Das hab ich auch noch nie erlebt. Aber wenigstens hat der Grobian keinen von uns bekommen. Jetzt reibst du deine Backen kräftig, dass du wieder ein bisschen Farbe ins Gesicht kriegst. Und ihr müsst freundlicher schauen", forderte er die anderen auf. „Sonst nimmt euch niemand."

Nach und nach wurde das Häuflein um Josef Gruber herum kleiner. Als ein Bauer fragte, was Kilian koste, ging Jakob um ihn herum und entdeckte auf seinem Rücken einen weißen Strich.

„Das ist mein Bruder, der ist schon verkauft", sagte er.

„Warum steht er dann noch hier?"

„Weil ... weil er auf mich wartet."

„Dann nehm ich halt dich."

„Ich bin ... ich habe ... auch schon verkauft", stotterte Jakob. Eine andere Ausrede fiel ihm so schnell nicht ein.

„Aber Jakob, was redest du denn?", fragte Josef Gruber.

Jakob schüttelte heftig den Kopf.

„Was ist denn?"

„Wisst ihr was?", brummte der Bauer verärgert, „Ihr könnt mir den Buckel runterrutschen, alle zusammen! Ich find schon einen Buben, der froh ist, wenn ich ihn nehm."

Als er sich umdrehte, bemerkte Josef Gruber den weißen Strich. „Jetzt ist mir alles klar. Gut, dass du das gesehen hast. Zu einem Kinderschinder möchte ich keinen von euch geben."

Der nächste Bauer schaute Jakob und Kilian aufmerksam an. Er sah wohlgenährt aus, hatte einen breitrandigen Hut auf dem Kopf und einen Stumpen im Mund, von dem feiner Rauch aufstieg. Er zog noch einmal kräftig, nahm den Stumpen aus dem Mund und blies den Rauch in die Luft. „Ihr zwei seht euch ähnlich“, sagte er. „Seid ihr Brüder?“

Sie nickten.

„Sind deine Schuhe unterwegs kaputtgegangen oder hast du von Anfang an keine gehabt?“, fragte der Bauer Jakob.

„Sie sind gestern kaputtgegangen.“

Wieder zog er an seinem Stumpen. „Kannst du deinen Bruder mal von hinten packen und hochheben?“

Jakob war überrascht, trat hinter Kilian, schlang die Arme um ihn und hob ihn ein Stück hoch.

„Das reicht“, sagte der Bauer. „Und jetzt zieh mich mal vom Fleck.“

Nun schaute Jakob fragend zu Josef Gruber. Der nickte ihm zu. Da stellte er sich vor den Bauern, wusste aber nicht, wo er anpacken sollte.

Der Bauer hielt ihm eine Hand hin. „Na los, zeig, was in dir steckt!“, ermunterte er ihn.

Da griff Jakob mit beiden Händen nach der Hand und zog, so fest er konnte. Insgeheim hoffte er, der Bauer würde dann ihn *und* Kilian nehmen.

„Ist gut“, sagte der Bauer und fragte nach dem Preis für Jakob.

Josef Gruber zögerte, weil es inzwischen schon auf Mittag zuging, nannte dann aber doch den gleichen wie zuvor. Zu seiner Überraschung versuchte der Bauer nicht, den Preis herunterzuhandeln.

„Einverstanden“, sagte er. „Der Bub muss bei mir feste mithelfen, drum soll er auch anständig entlohnt werden.“

„Und Kilian?“, fragte Jakob.

Der Bauer zog wieder an seinem Stumpen, bevor er antwortete. „So heißt dein Bruder, nehm ich an. Ich verstehe, dass ihr beieinanderbleiben möchtet, aber ich kann nur einen Buben brauchen.“

Josef Gruber beugte sich zu Jakob und flüsterte: „Geh mit ihm, der ist schon recht. Und für Kilian finde ich auch noch einen guten Platz.“

„Zwei Buben nimmt kaum einer“, sagte der Bauer. „Wenn ihr unbedingt beieinanderbleiben wollt, kann es gut sein, dass ihr heut Abend noch hier steht. Was macht ihr dann?“

„Er hat Recht und das ist mir zu riskant“, sagte Josef Gruber.

„Aber unsere Mutter hat gesagt, ich soll auf ihn aufpassen“, murmelte Jakob mit weinerlicher Stimme. „Das kann ich doch nicht, wenn er auf einem anderen Hof ist.“

„Ach so, jetzt verstehe ich“, sagte Josef Gruber. Er fragte den Bauern, woher er komme.

„Ich bin der Konrad Hartmann aus Staig und ich habe nicht ewig Zeit!“

„Hör zu, Jakob. Ich schau, dass Kilian auch zu einem Bauern in Staig oder wenigstens zu einem in der Nähe kommt“, versprach Josef Gruber. „Dann könnt ihr euch am Sonntag immer besuchen, damit du siehst, wie es ihm geht. Abgemacht?“

„Nicht, Jakob“, sagte Kilian. „Sag Nein!“

„Passt auf, ihr zwei“, sagte der Bauer und klang nun schon

leicht ärgerlich. „Ich geh jetzt in die Krone und trinke einen Schoppen. Wenn ich wiederkomme, müsst ihr euch entschieden haben, sonst such ich mir einen andern Buben."

Kaum war er weg, begann Josef Gruber: „Ich versteh euch ja, aber es ist so, wie der Bauer gesagt hat: Zwei Buben will keiner, jedenfalls war noch keiner hier. Und wenn bis heute Abend keiner kommt, muss ich euch wieder mit heimnehmen. Was glaubt ihr, was dann eure Eltern sagen?"

„Das geht nicht", murmelte Jakob, nahm seinen Bruder beiseite und redete mit ihm.

Noch während sie redeten, kam ein Bauer, zeigte auf Kilian und fragte: „Was soll denn der Bub da kosten?"

„Darf ich erst fragen, woher Ihr kommt?", gab Josef Gruber zurück.

„Warum wollt Ihr das wissen?"

„Das sind Brüder, und sie möchten nicht zu weit voneinander entfernt sein", antwortete Josef Gruber. „Noch besser wäre natürlich, sie würden auf *einen* Hof kommen. Dann könnte ich Euch einen guten Preis für beide machen."

„Ich brauche aber nur einen zum Viehhüten. Dafür reicht mir der Kleinere."

„Und wo ist Euer Hof?"

„In Berg."

„Wie lang braucht man von da zu Fuß nach Staig?"

„Wenn's pressiert, keine Stunde."

„Keine Stunde", wiederholte Josef Gruber erleichtert und schaute die Buben an. „Das ist doch ein Wort!"

„Halt! Halt!“, sagte der Bauer. „Erst muss ich wissen, was er kosten soll. Vielleicht ist er mir ja zu teuer.“

Weil der Bauer gemerkt hatte, dass alle froh waren, wenn er Kilian nahm, drückte er den Preis auf acht Gulden. Josef Gruber war trotzdem einverstanden und notierte alles in seinem Büchlein.

„Jetzt gehen wir erst mal in die Krone, dann kriegst du was zu essen“, sagte der Bauer zu Kilian. „Du hast bestimmt ordentlich Hunger.“

Kilian nickte.

„Geh du auch gleich mit in die Krone und sag dem Bauern aus Staig, dass er dich haben kann“, forderte Josef Gruber Jakob auf.

Das tat Jakob. Dann saßen er und Kilian zwischen den beiden Bauern, die sich unterhielten. Die Wirtin brachte für jeden einen Teller Flädlesuppe mit einer Wurst drin. Kilian leerte seinen Teller im Nu.

„Du hast ja einen gesegneten Appetit für dein Alter“, sagte sein Bauer. „Magst du noch einen Teller?“

Wieder nickte Kilian.

„Und was ist mit dir?“, fragte der andere Bauer Jakob. „Dir scheint’s nicht so richtig zu schmecken.“

„Doch“, antwortete Jakob. Obwohl er Hunger hatte, schaffte er es nur mit Mühe, wenigstens einen Teller zu leeren.

Die Bauern bezahlten und verließen mit Jakob und Kilian das Wirtshaus.

„Ich muss noch zu eurem Führer und den Handel perfekt

machen. Und dann sollten wir für dich als Erstes ein Paar Schuhe besorgen", sagte der Staiger Bauer zu Jakob.

Schweren Herzens musste Jakob sich von Kilian verabschieden. Er schaute ihm hinterher, bis er zwischen den Leuten verschwunden war.

Ankunft auf dem Hartmann-Hof

Mit den besten Schuhen, die er je getragen hatte, saß Jakob neben dem Bauern vorn auf dem Einspänner. Als sie nicht weit hinter Ravensburg durch ein Dorf fuhren, nahm der Bauer seinen Stumpen aus dem Mund und sagte: „Das ist Berg. Wo genau der Hof liegt, auf dem dein Bruder ist, weiß ich nicht. Wenn du ihn suchst, musst du nach Gottlieb Rohrmoser fragen."

Jakob nickte.

Von nun an achtete er auf den Weg und merkte sich, durch welche Weiler sie fuhren. Außerdem prägte er sich markante Punkte wie Wegkreuze, mächtige Bäume, Baumgruppen und einzeln stehende Höfe ein.

Nach einer guten Stunde lenkte der Bauer das Pferd vor ein schmuckes Fachwerkhaus. „Wir sind da." Er schirrte das Pferd ab und führte es in den Stall.

Jakob blieb neben dem Wagen stehen und schaute zum Haus. Hinter einem Fenster entdeckte er ein Kindergesicht, das aber sofort verschwand. Plötzlich bellte ein Hund in seinem Rücken und Sekunden später schnüffelte das Tier an Jakob herum. Der hielt den Atem an und rührte sich nicht.

„Bello! Komm her zu mir!", rief der Bauer, als er aus dem Stall kam.

Augenblicklich ließ der Hund von Jakob ab, lief freudig bellend und schwanzwedelnd zum Bauern, der Bello tätschelte.

„Hast dich erschreckt?", fragte er Jakob. „Vor Bello brauchst du keine Angst haben. Das ist ein Berner Sennenhund, die sind gutmütig. Aber weil du neu auf dem Hof bist, muss er an dir schnüffeln." Der Bauer ging mit Bello zu Jakob, und der Hund beschnüffelte ihn noch einmal ausgiebig. Dabei leckte er mit seiner Zunge über Jakobs rechte Hand, der sie blitzartig hochzog.

„Das wird schon mit euch", sagte der Bauer. „Jetzt gehn wir erst mal rein."

Durch die Haustür trat man in einen düsteren Gang, von dem die erste Tür nach rechts in die Stube führte. Dort stand eine etwa sechzigjährige Frau, die dunkel gekleidet war. Die grauen Haare hatte sie zu einem Dutt gebunden. Das alles gab ihr ein strenges Aussehen. An der linken Hand hielt sie das kleine Mädchen, dessen Gesicht Jakob kurz hinter dem Fenster gesehen hatte.

„Da sind wir", sagte der Bauer. „Das ist der Jakob."

Jakob nahm die Mütze ab.

Die Frau musterte ihn, schaute dann zum Bauern und sagte nur: „Na ja."

„Der ist kräftiger, als er aussieht", erwiderte der Bauer.

„Hoffentlich", sagte sie.

„Das ist meine Mutter, die wir Ahne nennen …"

Sie unterbrach ihn, um Jakob mit einem „Grüß Gott!" zu begrüßen. „Du sagst auch Ahne zu mir."

„Grüß Gott!", erwiderte Jakob den Gruß und nickte.

„Sag auch Grüß Gott!", forderte die Frau das Mädchen auf.

„Grüß Gott!"

„… und das ist meine Tochter Bärbel“, fuhr der Bauer fort. „Wenn du jetzt fragst, wo Bärbels Mutter ist, die ist im Himmel.“

Jakob hatte das Gefühl, dass er etwas sagen sollte, und spürte, wie ihm das Blut in den Kopf stieg.

„Mich nennst du am besten Onkel Konrad“, sagte der Bauer. „Ich hol noch unsere Magd, die Trude, und den Hermann, unseren Knecht. Dann kennst du alle auf dem Hof.“

Jakob blieb unbeweglich stehen und wagte nicht, der Ahne in die Augen zu schauen.

„Wie kommst du denn zu den neuen Schuhen?“, hörte er sie fragen.

„Die hat mir der … Onk… äh … der Bauer gekauft, weil meine kaputt sind“, antwortete Jakob, ohne den Kopf zu heben.

„Neue Schuhe, am ersten Tag! Das ist ja …“ Die Ahne stockte. „Die kannst du gleich ausziehen.“

Jakob bückte sich, zog die Schuhe aus und hielt sie noch unschlüssig in der Hand, als der Bauer mit Hermann und Trude in die Stube kam. Er stellte die drei einander vor und sagte dann: „Der Hermann zeigt dir jetzt, wo du schläfst.“

„Komm mit!“ Hermann ging mit Jakob hinaus. Am Ende des Gangs führte eine schmale, ausgetretene Treppe ins Obergeschoss. Durch ein kleines Fenster fiel ein wenig Licht herein. Die Decke hing so niedrig, dass Hermann das Genick einziehen musste, als er durch die erste der beiden Türen trat.

In dem Zimmer standen zwei Betten, eines davon frisch bezogen, ein Nachtschränkchen, ein schmaler Schrank, ein kleiner Tisch und ein Stuhl.

„Da schläfst du“, sagte Hermann und zeigte auf das frisch bezogene Bett. „Deine Schuhe stellst du unters Bett, deine Sachen kannst du in den Schrank tun. Wenn du dich zu breit machst, gibt’s Ärger. Verstanden?“

Jakob nickte, schob die Schuhe unters Bett und legte die anderen Sachen erst mal drauf.

„Komm mit!“, sagte Hermann wieder und ging voraus in die Stube, wo alle noch versammelt waren.

„Ihr geht zurück an eure Arbeit“, sagte der Bauer zu Trude und Hermann. „Ich zeig dem Jakob den Hof – aber erst braucht er noch etwas an die Füß.“ Er schaute die Ahne an. „Haben wir nicht irgendwo ein Paar alte Schuhe für ihn?“

„Die Hütebuben sind doch immer barfuß gegangen.“

„Wenn er mit den Kühen auf die Wiesen muss, braucht er keine Schuhe“, entgegnete der Bauer. „Aber sonst ist mir lieber, er hat welche an. Nicht dass er in einen rostigen Nagel oder so etwas tritt.“

Wortlos verließ die Ahne die Stube und kam wenig später mit einem Paar klobigen Schuhen zurück, denen man schon von Weitem ansah, dass sie für Jakobs Füße einige Nummern zu groß waren.

Der Bauer zog die Augenbrauen hoch. „Na ja, da stopfen wir vorne Papier rein, dann wird’s schon gehen.“ Er nahm eine alte Zeitung, riss zwei Stücke ab, knüllte sie zusammen und steckte sie in die Schuhe. Jakob schlüpfte hinein und schnürte sie fest zu.

„Geh mal ein paar Schritte!“

Jakob ging im Kreis herum und spürte, dass die Schuhe hinten ein wenig schlappten.

„Fürs Erste tut's", sagte der Bauer. „Komm mit!" Er führte Jakob in den Stall. Gleich neben der Tür standen die beiden Pferde. Dahinter zählte Jakob neun Kühe, zwei Rinder, und in einem abgetrennten Verschlag lagen zwei Kälbchen.

„In den nächsten Tagen kommt eins dazu", sagte der Bauer und tätschelte eine besonders dicke Kuh. „Gell, Gretel!" Er ging zur hinteren Tür hinaus auf den Hof, wo sich links die Miste befand, rechts der Schweinestall. „Wir haben drei Sauen, und auch da wird's bald Junge geben."

Neun Kühe, zwei Rinder, zwei Kälbchen, drei fette Sauen und bald noch mehr. In ganz Galtür hat kein Bauer so viel Vieh, dachte Jakob und musste an die zwei Kühe und das magere Ferkel zu Hause denken. Wenn seine Eltern so viel Vieh hätten, wären er und Kilian jetzt nicht im Schwabenland, sondern daheim.

Ein großer Garten schloss sich an, in dem mächtige Obstbäume standen. Dazwischen watschelten Gänse und Enten herum, und Hühner pickten nach Käfern und Würmern.

„Die müssen am Abend alle ins Hühnerhaus, damit der Fuchs sie nicht holt", sagte der Bauer.

Plötzlich schlug eine Gans mit den Flügeln, kam mit lang gestrecktem Hals und laut kreischend auf Jakob zugestürmt. Erschrocken wich er zurück und versteckte sich hinter dem Bauern. Der lachte, trat mit dem Fuß nach der Gans und scheuchte sie weg.

„Jakob, Jakob“, sagte er. „Du darfst es dir nicht anmerken lassen, wenn du Angst hast. Nein, du musst ihnen gleich zeigen, dass du der Herr bist und dass sie dir gehorchen müssen.“ Er nahm den Stock, der am Hühnerhaus lehnte, und drückte ihn Jakob in die Hand. „Treib die Gänse zusammen und da rein!“

Zögerlich näherte sich Jakob der ersten Gans, machte „Gschsch!“ und stupste sie mit dem Stock an. Sofort watschelte sie los. Auch die nächsten drei Gänse gehorchten. Nur die fünfte widersetzte sich, machte den Hals wieder lang und kreischte. Halb aus Angst, halb aus Wut schlug ihr Jakob den Stock auf den Schnabel und ein paarmal auf den Rücken, wobei er laut „Gschsch! Gschsch! Gschsch!“ machte. Das zeigte Wirkung, die Gans zog den Hals zurück und klapperte mit dem Schnabel.

„Gschsch!“, zischte Jakob noch einmal und hob drohend den Stock.

Die angriffslustige Gans wendete sich ab und watschelte zu den anderen, die sie schnatternd empfingen.

„Jetzt ins Hühnerhaus mit ihnen!“, rief der Bauer und öffnete die Tür.

Weil die Gänse den Weg kannten, hatte Jakob nun keine Mühe mehr, sie durch die Tür zu treiben.

„Gut gemacht!“ Der Bauer schaute ihn anerkennend an. „Jetzt hast du etwas gelernt und die Gänse auch.“

Jakob nickte.

Vom Garten ging's in die Scheune, die den rechten Teil des Hauses bildete.

„Da oben lagern wir Heu und Stroh“, sagte der Bauer. „Aber

es geht langsam zur Neige. Deswegen müssen die Kühe so bald wie möglich hinaus auf die Weide. Dann musst du sie hüten."

Wieder nickte Jakob.

„Kannst du auch reden?"

Noch einmal nickte er, fügte aber schnell ein „Ja" hinzu.

„Dann bin ich ja beruhigt", sagte der Bauer, trat vor die Scheune und zeigte nach links auf ein frei stehendes Gebäude. „Da lagern wir auch Heu und nach der Ernte das Getreide. Untendrin stehen Sachen, die wir zum Arbeiten brauchen. Die kennst du wahrscheinlich von …"

In diesem Augenblick kam Bello bellend um die Ecke und sprang an Jakob hoch, dass er sich nur mit Mühe auf den Beinen halten konnte.

„Aus!", rief der Bauer scharf.

Bello ließ von Jakob ab und trollte sich.

„So, alles andere wirst du in den nächsten Tagen sehen", sagte der Bauer zu Jakob.

Zähne zusammenbeißen

Jakob sollte in der Stube auf den Bauern warten. Dort saß Bärbel hinter dem Tisch und spielte mit Bauklötzen. Sie hielt inne und schaute Jakob an.

Wieder hatte er das Gefühl, etwas sagen zu müssen. Und weil sie allein waren, traute er sich. „Was baust du?"

„Einen Turm", antwortete Bärbel. „Aber er fällt immer ein."

„Soll ich dir helfen?"

Sie nickte.

Jakob stellte sich ihr gegenüber an den Tisch. Dann legten sie abwechselnd Bauklötzchen auf Bauklötzchen. Das letzte durfte Bärbel obendrauf stellen. Beide hielten den Atem an – der Turm neigte sich leicht nach links, blieb aber stehen.

Bärbel klatschte freudig in die Hände. Da kam ihr Vater herein. Er hatte seine guten Kleider aus-, sein Arbeitshäs angezogen und seine Schildleskapp aufgesetzt. „Das ist aber ein hoher Turm", sagte er.

„Jakob hat mir geholfen."

„So, so." Der Bauer lächelte. „Aber jetzt muss er mir im Stall helfen."

„Darf ich auch mit?", fragte Bärbel.

„Du gehst besser zur Ahne in die Küche", antwortete er und ging mit Jakob in den Stall.

Dort war Hermann schon beim Ausmisten und Trude molk die erste Kuh.

„Du holst Heu aus der Scheune. Aber nur für die Kühe, die Pferde füttere ich selbst“, sagte der Bauer zu Jakob. Doch zunächst nahm er Melkschemel und Eimer und setzte sich neben die zweite Kuh.

Jakob ging in die Scheune und schaute sich nach einem Korb um. Weil er keinen sah, fuhr er mit beiden Händen in den Heuhaufen, nahm zwei Arme voll und verteilte das Heu vor den Mäulern der Kühe in die Futterkrippe. Auf dem Weg zwischen Stall und Scheune dachte Jakob daran, dass er daheim immer ausmisten musste und Kilian Heu holen durfte, weil das die leichtere Arbeit war. Er hoffte, dass sein Bruder beim Rohrmoser auch die leichtere Arbeit bekam.

Als er zum fünften Mal mit Heu in den Stall kam, sah er eine Ratte zur hinteren Tür hereinhuschen. Hermann sah sie auch, stieß blitzschnell mit der Gabel zu und erwischte sie. Die Ratte pfiff gellend.

„Geh mit ihr auf dem Hof herum“, sagte der Bauer. „Das Pfeifen vertreibt die anderen Ratten.“

Hermann ging mit der aufgespießten, noch zappelnden und um ihr Leben pfeifenden Ratte ums Haus, in beide Scheunen und warf sie schließlich auf die Miste.

„Hoffentlich hilft's“, brummte er. „Die verdammten Viecher würde ich am liebsten alle aufspießen.“

Jakob kam mit der nächsten Ladung Heu. Da sagte Hermann: „Bist du bald fertig mit Füttern? Bei den Kälbchen muss noch ausgemistet werden.“

„Ich ... äh ... ja, gleich“, stammelte Jakob und warf den beiden letzten Kühen das Heu vor die Mäuler. Dann nahm er eine Gabel, ging zu den Kälbchen, scharrte den Mist zusammen und warf ihn auf die Schubkarre.

„Und jetzt raus damit!", sagte Hermann.

Jakob stellte sich hinter die Schubkarre, fasste die Griffe, hob an und schob. Der aufgeladene Mist war so schwer, dass Jakob das Gefühl hatte, seine Arme würden in die Länge gezogen. Aber er wollte Hermann und dem Bauern zeigen, dass er kein Schwächling war. Mit zusammengebissenen Zähnen schob er die Karre aus dem Stall. Ein breites Brett lag schräg an der Miste. Über das hatte Hermann vorhin die Karre nach oben gefahren. Jakob wusste, dass er das nicht schaffen würde, kippte den Mist kurzerhand unten an den Rand und rollte die Karre zurück in den Stall.

„Jetzt müssen wir frisch einstreuen", sagte Hermann zu ihm. „Komm mit!"

Sie gingen in die Scheune, wo Hermann die Leiter hochstieg und durch eine Luke verschwand. Wenig später flog Stroh durch die Öffnung herab, und Jakob sprang zur Seite.

„Fang schon an mit Einstreuen!", rief Hermann von oben.

Jakob schnappte sich zwei Arme voll Stroh, ging damit in den Stall und verteilte es unter der ersten Kuh. Während er sich bückte, patschte ihm der Kuhschwanz von hinten über die Backe.

Trude sah es und lachte. „Das hat gesessen!"

„Blöde Kuh!", sagte Jakob.

„Was sagst du?"

„Ich hab die Kuh gemeint“, sagte Jakob, konnte sich ein Grinsen jedoch nicht verkneifen.

„Kerle, pass auf, sonst kriegst du von mir eine auf die andere Backe!“ Trude hob drohend die Hand.

Mit zwei, drei schnellen Schritten war Jakob aus ihrer Reichweite.

In der Scheune hatte Hermann inzwischen genügend Stroh heruntergeworfen. Sie trugen so viel davon in den Stall, bis alle Kühe und die Kälbchen frische Streu unter sich hatten. Kaum waren sie damit fertig, hob die erste Kuh den Schwanz und ließ einen dicken Fladen auf das Stroh platschen.

„Ja, Herrgottsakrament!“, fluchte Hermann. „Da können wir gerade wieder von vorn anfangen.“

Der Bauer hatte seine vierte Kuh gemolken und leerte die Milch in eine der großen Kannen, die in der Kammer neben dem Stall standen. Über die Schulter sagte er zu Jakob: „Du gehst jetzt zur Ahne in die Küche und holst die Saukübel. Aber putz die Schuhe gut ab, sonst kriegst du Ärger!“

Jakob drehte sich um und wollte vorn zum Stall hinaus.

„Wo willst du denn hin?“, fragte der Bauer. „Du kannst hier durch.“ Er deutete auf die Verbindungstür zum Wohnhaus.

Jakob machte kehrt, ging am Bauern vorbei, streifte die Schuhe vor der Tür gründlich ab und öffnete. Einen Moment brauchte er, bis er erkannte, dass er neben der Treppe stand, die er vorhin mit Hermann hochgegangen war. Vorsichtig schritt er durch den dusteren Gang, zog die angelehnte Küchentür auf und blieb stehen.

Bärbel entdeckte ihn zuerst. „Baust du wieder einen Turm mit mir?“

„Ich soll die Saukübel holen, hat dein … äh … der Bauer gesagt.“

Die Ahne musterte ihn misstrauisch wie zuvor. „Hast du die Schuhe auch gut abgestreift?“

Er nickte.

Sie wandte sich um, schnitt noch gekochte Kartoffeln in Stücke und warf sie in die Eimer.

„Krieg ich auch eine Kartoffel?“, fragte Bärbel.

„Die sind für die Sauen.“

Hier bekommen die drei Schweine mehr Kartoffeln als daheim der Vater, die Mutter und wir Kinder, dachte Jakob. Das ist doch nicht richtig.

Die Ahne stellte die Eimer vor Jakob hin. „Aber pass auf, dass du nichts verschüttest!“

Wortlos nahm er beide Eimer. Wie vorhin, als er die Schubkarre anhob, hatte Jakob das Gefühl, seine Arme würden in die Länge gezogen. Wieder biss er die Zähne zusammen, um auch der Ahne zu beweisen, dass er kein Schwächling war. Bis zum Schweinestall musste er die Eimer zweimal abstellen, weil die Henkel ihm sonst aus den Händen geglitten wären. Die Schweine quiekten und grunzten, als er den Inhalt der Eimer in die beiden Tröge kippte. Sofort steckten sie die Schnauzen bis zu den Augen in die Pampe und fraßen, als hätten sie seit Tagen nichts mehr zu fressen gehabt.

Alle drei sind doppelt so fett wie das Schwein daheim, dachte

Jakob. Wenn man die schlachtet, gibt's so viel Fleisch, Wurst und Speck, dass man jeden Tag zu essen hat.

„Jakob!“, sagte der Bauer und riss ihn damit aus seinen Gedanken. „Trag die Eimer in die Küche! Dann gehst du in den Garten und treibst die Hühner und Enten ins Hühnerhaus. Aber pass auf, dass du keine übersiehst! Und wenn irgendwo ein Ei liegt, bringst du es mit.“

Jakob tat, wie ihm geheißen. Er nahm wieder den Stock, ging durch den Garten und scheuchte die Hühner und Enten in Richtung Hühnerhaus. Die meisten machten keine Schwierigkeiten. Nur zwei Hühner gackerten aufgeregt, wenn Jakob sich ihnen näherte, und flatterten, als wollten sie über den Zaun fliegen. Weder mit gutem Zureden noch mit dem Stock schaffte er es, die beiden auch nur in die Nähe des Hühnerhauses zu bringen. Irgendwann wurde es ihm zu dumm. Er legte den Stock weg, pirschte sich von hinten an, warf sich nach vorn und packte eines. Es gackerte, als ginge es um sein Leben, und pickte nach Jakob, aber er ließ es nicht mehr los und trug es ins Hühnerhaus. Genauso machte er es mit dem letzten Huhn.

„Das sind unsere Wilden“, sagte der Bauer, der Jakob beobachtet hatte. „Ich war gespannt, ob du die zwei ins Haus kriegen würdest. Jetzt hast du dir ein ordentliches Vesper verdient.“

Jakob holte noch die drei Eier, die er im Garten entdeckt hatte, dann ging er in die Stube. Dort saßen Bärbel und Hermann schon am Tisch.

„Jakob soll bei mir sitzen“, sagte Bärbel.

„Erst muss er der Ahne die Eier bringen.“

Das tat Jakob. Als er in die Stube zurückkam, rief Bärbel ihm wieder entgegen: „Setz dich zu mir!“

Jakob schaute zum Bauern, der nickte. Dann setzte er sich auf die Eckbank neben Bärbel. Das Mädchen strahlte ihn an. Trude und die Ahne brachten Vesperbrettchen aus der Küche, auf denen Speck, Wurst und Käse lagen. Der Bauer schnitt Brotscheiben von einem Laib und verteilte sie. Trude stellte noch einen Krug Most und einen Krug Wasser auf den Tisch, dazu eine Flasche selbst gemachten Johannisbeersaft. In der Mitte des Tisches lag auf einem Brettchen ein großes Stück Butter. Als auch die Ahne und Trude sich gesetzt hatten, sprach der Bauer ein kurzes Tischgebet: „Komm, Herr Jesus, sei unser Gast und segne, was du uns bescheret hast.“

„Amen“, sagten alle und bekreuzigten sich.

Bis auf Jakob griffen alle zu. Er wollte nichts falsch machen und beobachtete heimlich, was die anderen taten.

„Hast du keinen Hunger?“, fragte der Bauer.

„Doch.“

„Dann iss, Kerle, dass du was auf die Rippen kriegst!“

Jakob schaute auf das Brettchen vor sich und wusste gar nicht, womit er anfangen sollte. So viel hatte er noch nie zur Auswahl gehabt. Er biss erst mal vom Brot ab.

„Du musst Butter draufschmieren, dann schmeckt’s besser“, sagte der Bauer.

Jakob guckte unsicher.

„Trude, schmier ihm mal ordentlich was drauf!“

„Das ist ja wie bei einem kleinen Kind“, meckerte die Magd.

„Der Jakob kennt das halt nicht von daheim", verteidigte der Bauer ihn.

Trude nahm Jakob das Brot aus der Hand, schnitt ein Stück von der Butter ab, verstrich sie grob und gab es Jakob wieder. Er biss davon ab, kaute und kaute und hätte es am liebsten gar nicht hinuntergeschluckt, weil es so köstlich schmeckte.

„Der Mensch lebt nicht vom Brot allein", sagte der Bauer. „Auch nicht vom Butterbrot."

Jakob schluckte, schnitt ein Stück von der Wurst ab und schob es in den Mund.

Der Bauer nickte. „So ist's recht; das Brettchen muss leer werden!"

Obwohl das Vesperbrettchen direkt vor seiner Nase stand, konnte Jakob das nicht glauben. So viel gab es daheim nicht einmal für alle zusammen. Und hier sollte er das allein essen!

Er hob den Kopf ein wenig und sah, wie Hermann, der ihm gegenübersaß, mit vollen Backen kaute.

„Glotz nicht so, Kerle! Iss!", brummte der Knecht.

Jakob senkte den Blick wieder, biss vom Brot ab und schob ein Stück Speck hinterher.

Einige Zeit sagte niemand mehr etwas.

Die Männer tranken Most zum Vesper, Trude ebenfalls, allerdings mit Wasser verdünnt. Die Ahne, Bärbel und Jakob tranken verdünnten Johannisbeersaft.

Bärbel schaffte ihre Portion nicht, obwohl die Ahne ihr viel weniger als den anderen aufs Brettchen gelegt hatte. „Willst du meins noch?", fragte sie Jakob.

Er schüttelte den Kopf, weil er sich anstrengen musste, sein Brettchen zu leeren. Das lag nicht daran, dass er keinen Hunger hatte; er war es einfach nicht gewohnt, so viel zu essen.

„Wenn der arbeitet, wie er vespert, dann gut Nacht", murmelte Hermann.

„Jetzt lasst ihn erst mal ein paar Tage hier sein", entgegnete der Bauer. „Er muss sich bei uns noch einleben."

Hermann

Das Einleben fiel Jakob nicht leicht, auch wenn der Bauer ihn gut behandelte und Bärbel ihn mochte. Jakob musste oft an Kilian denken und noch öfter an daheim. In den ersten Nächten weinte er viel.

„Was ist denn?“, schnauzte Hermann. „Gib endlich Ruhe!“

Jakob versuchte, die Tränen zu unterdrücken, schaffte es aber nicht. Er drehte sich auf den Bauch und presste das Gesicht ins Kissen. Weil er zu wenig Luft bekam, konnte er so nicht lange liegen, drehte sich auf die Seite zur Wand und wimmerte leise.

„Du sollst endlich Ruhe geben!“

„Ich kann nicht“, schluchzte Jakob.

Da sprang Hermann aus dem Bett und schlug in der Dunkelheit auf Jakob ein. „Damit du weißt, warum du flennst, du Sautiroler, du!“

„Au! Hör auf!“

„Keinen Mucks, sonst kriegst du noch mehr!“, drohte der Knecht und legte sich schwer atmend ins Bett.

Jakob drückte den Kopf ins Kissen, um Hermann ja nicht zu stören. Es dauerte eine Weile, bis er ruhiger wurde. Langsam drehte er sich auf die Seite und schlief irgendwann ein.

„Los, aufstehn!“ Hermann stand mit der Laterne an Jakobs Bett und rüttelte ihn.

„Was ist?", nuschelte Jakob, der aus einem Traum erwachte und nicht wusste, wo er war. Als ihm das einfiel, hielt er einen Arm schützend über den Kopf, weil er glaubte, Hermann wolle ihn wieder schlagen.

„Wir müssen in den Stall."

Jakob stand auf und zog sich an. Hinter Hermann, der mit der Laterne leuchtete, tastete er sich aus der Kammer die Treppe hinunter und in den Stall. Dort hängte der Knecht die Laterne an einen Haken an der Decke. Dann griff er nach einer Mistgabel und scheuchte die dösenden Kühe auf.

Einige muhten laut und schlugen mit den Schwänzen um sich. Jakob erinnerte sich nur zu gut, wie schmerzhaft ein Schlag ins Gesicht sein konnte, und drückte sich an die Wand.

„Steh nicht so faul rum!", schnauzte ihn Hermann an. „Hol die Mistkarre!"

Jakob ging zur hinteren Tür, schob die Riegel zurück und öffnete sie. Sofort grunzten und quiekten ihm die Schweine entgegen. Draußen auf dem Hof war es noch duster. Jakob wusste, dass die Mistkarre neben dem Schweinestall stand. Er tappte hinüber, ertastete sie mehr, als er sie sah, und schob sie in den Stall. Inzwischen waren auch der Bauer und Trude da. Alle vier machten ohne viele Worte ihre Arbeit.

Allmählich wurde es hell, die Vögel begrüßten den neuen Tag mit munterem Gezwitscher und bald fiel durch die mattglasigen Fenster ein wenig Licht herein.

Als sie den Stall frisch eingestreut, die Kühe gemolken und das Vieh gefüttert hatten, sagte der Bauer zu Jakob: „Jetzt lässt du das Federvieh in den Garten und sammelst die Eier ein. Dann holst du deine sauberen Kleider und die neuen Schuhe und wartest in der Stube auf mich."

Das alles tat Jakob. Mit den Kleidern auf dem Schoß saß er auf dem Rand der Eckbank und wartete. Da kam Bärbel im Nachthemd und mit ihrer Puppe im Arm herein. Man sah ihr an, dass sie noch nicht lange wach war. Ihre Augen waren ganz klein vom Schlaf und ihr Gesicht war zerknautscht. Auf nackten Füßen tappte sie zu Jakob und fragte: „Was machst du?"

„Ich warte auf deinen Vater."

„Spielen wir etwas?"

„Ich weiß nicht, ob ich das darf."

„Die Maria wäre unser Kind. Ich wäre die Mutter und du der Vater." Bärbel schaute die Puppe an, zeigte auf Jakob und sagte: „Das ist dein Vater. Dem musst du folgen, sonst gibt's was hintendrauf!" Sie wollte Jakob die Puppe geben.

„Ich spiele nicht mit Puppen."

„Warum nicht?"

Bevor Jakob antworten konnte, kam der Bauer herein. Er war frisch gewaschen und rasiert und hatte seine guten Kleider an. „Komm mit!", sagte er zu Jakob.

Der folgte ihm in die Waschküche. Dort stand ein hölzerner Waschzuber, aus dem es dampfte.

„Jetzt ziehst du dich aus, steigst dahinein und wäschst dich mal richtig. Von Kopf bis Fuß und auch die Haare. Mit Seife. Hier liegt ein Handtuch, damit trocknest du dich ab. Dann ziehst du deine sauberen Kleider an und kommst in die Stube."

Jakob rührte sich nicht.

„Was ist?"

Jakob wurde rot und schaute zu Boden.

„Ach so, ich verstehe", sagte der Bauer und lächelte. „Ich geh ja schon und lass dich allein."

Jakob hätte die Tür am liebsten verriegelt, aber das traute er sich nicht. Hastig zog er sich aus und stieg in den Zuber. Daheim diente ein altes Mostfass als Waschzuber, in dem man jedoch nicht sitzen konnte. Hier musste er zwar die Beine anziehen, saß aber bis zur Brust im angenehm warmen Wasser. Mit den Händen schüttete er sich Wasser über den Kopf. Dann seifte er die Haare ein und spülte den Schaum ab. Schließlich stand er auf, wusch sich von oben bis unten und setzte sich wieder. In diesem Augenblick hörte er ein Geräusch, drehte den Kopf und sah Hermann in der Tür stehen.

„Ach, du badest wie ein richtiger Herr", sagte der Knecht boshaft, drückte die Tür hinter sich zu und stellte sich neben den Zuber. „Glaubst du, ich merke nicht, wie du dich beim Bauern einschmeichelst? Tust so, als könntest du nicht bis drei zählen und bist in Wirklichkeit ein ganz hinterlistiges Bürschchen! Du spielst sogar mit der Bärbel, damit du beim Bauern gut angesehen bist." Plötzlich packte er Jakob im Genick und drückte seinen Kopf unter Wasser. Jakob schlug um sich, doch gegen den starken Knecht hatte er keine Chance. Der ließ ihn schließlich wieder aus dem Wasser und drohte: „Keinen Ton, sonst ersäuf ich dich!" Schon drückte er ihn erneut nach unten – und zog ihn wieder hoch.

Jakob japste nach Luft.

„Mit der Einschmeichelei ist Schluss, verstanden!“ Noch einmal tauchte er Jakob. Dann ließ er von ihm ab und sagte: „Ein Wort zum Bauern und nächstes Mal ersäuf ich dich wirklich!“ Schon war Hermann draußen.

Jakob saß heftig atmend im Zuber. Tränen liefen ihm über die Wangen. Warum ist der so gemein zu mir?, fragte er sich. Ich hab ihm doch nichts getan. Ich hab mich auch nicht eingeschmeichelt, und dass Bärbel lieber mit mir als mit ihm spielen will, ist doch nicht meine Schuld. Und wenn ich gar nicht mit ihr spiele, wird sie vielleicht auch gemein.

Jakob wusste nicht, wie er sich nun verhalten sollte. Schließlich stieg er aus dem Zuber, trocknete sich ab und zog die frischen Kleider an. Zögernd ging er mit dem Arbeitshäs im Arm in die Stube.

„Leg die Sachen dahin“, sagte der Bauer und deutete auf die Ofenbank. „Wir frühstücken jetzt, danach gehen wir in die Kirche.“

Die Ahne hob ihre Augenbrauen. „Er soll das Häs nach oben bringen.“

„Dann aber schnell!“

Jakob beeilte sich, stolperte auf der Treppe, schlug Knie und Hände an, rappelte sich hoch und hastete weiter. Oben warf er die Kleider auf sein Bett und eilte wieder hinunter. Er wollte sich wie an den Tagen zuvor neben Bärbel setzen, zögerte und schaute kurz zu Hermann.

„Was ist?“, fragte der Bauer.

„Äh … nichts.“

Schon griff Bärbel nach Jakobs Arm und zog ihn neben sich auf die Eckbank.

Zum Frühstück gab es Kaffee für die Erwachsenen. Bärbel und Jakob bekamen warme Milch. Dazu aßen sie Butterbrot mit Marmelade drauf. Und weil Sonntag war, hatte die Ahne einen Hefezopf gebacken. Der Bauer schnitt eine dicke Scheibe davon ab, tauchte sie in seinen Kaffee, beugte sich nach vorn und schob sich das tropfende Stück in den Mund.

„Mhm“, machte er. „Jetzt weiß ich erst, dass heute Sonntag ist.“

Bärbel tauchte ihren Hefezopf in die Milch. „Du auch“, sagte sie zu Jakob, wartete, bis er so weit war, und schob das milchdurchnässte Stück gleichzeitig mit ihm in den Mund.

„Das schmeckt gut“, nuschelte sie und rieb sich den Bauch.

„Mit vollem Mund spricht man nicht!“, tadelte die Ahne.

„Noch mal!“, sagte Bärbel zu Jakob.

Hermann warf ihm einen finsteren Blick zu.

„Ich … ich esse den Zopf lieber so“, murmelte Jakob und biss ein Stück ab.

Bärbel guckte ihn überrascht an. „Eingetaucht schmeckt er doch viel besser.“

„Lass Jakob essen, wie er möchte“, sagte die Ahne. „Und pass auf, dass du nicht kleckerst.“

Der Rest des Frühstücks verlief schweigend.

Anschließend machten sie sich auf den Weg zur Kirche. Bärbel wollte Jakobs Hand halten. Doch die Ahne ging dazwischen, nahm Bärbels linke Hand und sagte: „Die schöne Hand gibst du deinem Vater."

„Aber ich …"

„Kein Aber!"

Bärbel gehorchte und ging zwischen ihrem Vater und der Ahne zur Kirche. Jakob folgte ihnen.

Vor der Kirche hörte er jemanden seinen Namen rufen und schaute hoch. Er sah Anna und spürte einen warmen Stich im Bauch. Am liebsten wäre er sofort zu ihr gelaufen, aber das traute er sich nicht. Als hätte der Bauer das geahnt, drehte er den Kopf und sagte: „Du kannst zu den anderen Hütekindern gehen. Nach dem Gottesdienst habt ihr noch Christenlehre, dann hast du frei, bis wir in den Stall müssen. Du möchtest bestimmt zu deinem Bruder in Berg, stimmt's?"

Jakob nickte.

„Aber du sollst mit mir spielen", sagte Bärbel.

„Jakob kann nicht immer mit dir spielen", erwiderte der Bauer.

„Nicht immer, aber heute."

„Bärbel!", sagte die Ahne scharf.

Bärbel schwieg.

Jakob hätte ihr gern noch etwas Nettes gesagt, wusste aber nicht, was. Er ging zu Anna, die bei einer Gruppe von Hütekindern stand. Außer Anna kannte Jakob keines von ihnen.

„Ich freu mich, dass du auch hier bist", begrüßte ihn Anna.

„Und ich", sagte Jakob und verbesserte sich sofort: „Ich mein, ich freu mich auch, dass du hier bist."

„Wie heißt du?“, fragte ein Junge namens Alois.

„Jakob.“

„Bist du zum ersten Mal im Schwabenland?“

Jakob nickte.

„Und wie ist es?“, wollte Anna von ihm wissen. „Hast du's gut erwischt?“

Jakob zog die Schultern hoch. „Der Bauer ist schon recht, aber die Ahne ist streng. Und der Hermann kann mich nicht leiden.“

„Wer ist der Hermann?“

„Der Knecht.“

„Bei mir ist es gerade umgekehrt“, mischte sich Alois ein. „Der Knecht ist schon recht, aber der Bauer ist ein Schinder.“

Auch die anderen erzählten von ihren Bauersleuten. Bis auf einige Pechvögel hatten sie es ganz gut getroffen.

„Und wie ist es bei dir?“, fragte Jakob.

„Es geht“, sagte Anna. „Die Bäuerin liegt krank im Bett, und die Magd tut so, als wäre sie die Bäuerin, und lässt mich die meiste Arbeit machen …“

„Und der Bauer?“, fragte Jakob dazwischen.

„Dem ist das egal, Hauptsache, die Arbeit wird gemacht.“

Während sie noch redeten, begannen die Glocken zu läuten.

„Los, wir gehen rein, aber wir bleiben zusammen“, sagte Alois.

In der Kirche saßen die einheimischen Kinder in der ersten Reihe, rechts die Buben, links die Mädchen. Die Hütekinder setzten sich in die Reihe hinter ihnen.

Jakob saß zum ersten Mal in einer fremden Kirche und bekam vom Gottesdienst nicht viel mit. Mehrmals schielte er zu Anna hinüber; er fand es schön, dass sie in seiner Nähe war.

Als der Pfarrer in der Predigt von den Hütekindern sprach, horchte Jakob auf. Alle Kinder seien Gottes Kinder und die Augen des Herrn ruhten auf allen. Deswegen sei es Christenpflicht, die Hütekinder gut zu behandeln. Ganz im Sinne der Worte Jesu: Lasset die Kindlein zu mir kommen und wehret ihnen nicht. Denn solcher ist das Reich Gottes.

„Hoffentlich hört das mein Bauer", flüsterte Alois.

Dafür bekam er einen Knuff ins Genick.

Jakob dachte über die Worte des Pfarrers nach. Wenn es Christenpflicht war, die Hütekinder gut zu behandeln, warum sorgte Gott dann nicht dafür, dass die Leute das auch taten? Warum ließ er zu, dass Hermann ihn schlug und fast ersäuft hätte? Der wusste doch auch, dass Gott alles sah und ihn dafür bestrafen würde. Hatte er davor keine Angst? Vielleicht hatte er schon andere Hütebuben vor Jakob geschlagen und es war ihm nichts passiert. Aber wenn Gott doch alle Kinder sah und auf sie achtete, musste er die bestrafen, die Hütebuben schlecht behandelten und schlugen. Warum tat er das nicht?

Jakob bekam einen Stoß in die Seite und bemerkte erst dadurch, dass die anderen knieten, um zu beten. Schnell kniete er sich auch hin und faltete die Hände. Doch sein Mund blieb stumm.

Besuch bei Kilian

Nach dem Gottesdienst mussten die Hütekinder vor der Kirche auf den Pfarrer warten, der sie ins Pfarrhaus führte. „Hier treffen wir uns von nun an jeden Sonntag zur Christenlehre“, erklärte er ihnen.

Zuerst mussten die Kinder ihre Namen nennen und sagen, woher sie kamen und bei welchen Leuten sie waren.

Als Anna an der Reihe war, kratzte sich der Pfarrer nachdenklich am Kopf. „Die Huber-Bäuerin liegt seit letztem Herbst krank danieder. Bestimmt gibt's viel Arbeit und du musst feste zupacken.“

Anna nickte.

„Aber du bist ein kräftiges Mädel“, sagte er. „Und so, wie ich den Huber-Bauern kenne, bekommst du dort gut zu essen. Stimmt's?“

Wieder nickte Anna.

„Na, siehst du.“

Zu Jakob sagte er: „Der Hartmann-Bauer ist ein rechter Mann. Leider ist ihm vor zwei Jahren die Frau gestorben. Aber zusammen mit seiner Mutter sorgt er redlich für die kleine Bärbel. Das ist ein guter Platz für einen Hütebuben.“

Du hast den Hermann vergessen, dachte Jakob.

Nachdem alle sich vorgestellt hatten, erzählte der Pfarrer, wie die Menschen nach der Lehre Jesu miteinander umgehen sollten: „Früher hieß es: Ihr sollt andere so behandeln, wie sie euch behandeln, also Auge um Auge, Zahn um Zahn. So denken auch heute noch viele Menschen. Sie sagen, wer mir etwas wegnimmt, dem nehme ich auch etwas weg; wer mich schlägt, den schlage ich auch. Jesus aber sagt: Vergeltet nicht Böses mit Bösem, sonst nimmt das Böse kein Ende. Wenn euch einer auf die linke Backe schlägt, so haltet ihm auch die rechte hin. Wenn euch einer etwas Böses tut, tut ihr ihm etwas Gutes. Dann wird das Böse aus der Welt verschwinden."

„Aber wenn mich der Bauer schlägt und ich halte ihm auch die andere Backe hin, kriege ich ja noch eine", erwiderte Alois. „Deswegen lauf ich lieber weg und versteck mich, bis seine Wut nicht mehr so groß ist."

„So mach ich's auch", sagte ein anderer. „Und etwas Gutes tu ich dem nicht, das ist sicher. Im Gegenteil."

Der Pfarrer schüttelte leicht den Kopf. „So redet ihr nur, weil ihr es nicht besser versteht. Aber wie lehrt uns Jesus? Wir sollen nicht nur unsere Freunde lieben, sondern auch unsere Feinde. Wenn ihr daran denkt, dass wir alle Gottes Kinder sind, fällt euch das bestimmt nicht mehr so schwer. Denn so wie Gott euch mit allen euren Stärken und Schwächen liebt, so liebt er auch die anderen. Deswegen sollt auch ihr nicht nur zu euren Freunden nett sein, sondern zu allen Menschen. Behandelt sie so, wie ihr selbst von ihnen behandelt werden möchtet, dann seid ihr auf dem richtigen Weg."

Schöne Worte, dachte Jakob.

„So, für heute wollen wir es genug sein lassen", schloss der Pfarrer. „Ihr könnt jetzt gehen."

Draußen standen die Hütekinder beisammen. Einige wollten etwas spielen, andere wollten sich lieber irgendwo hinsetzen und miteinander reden.

„Ich bin zum Spielen und zum Reden zu müd“, sagte einer der Buben. „Ich geh zurück und schlafe, bis ich in den Stall muss.“

„Ich auch“, sagte ein Mädchen.

Alois schaute Anna und Jakob an. „Und was ist mit euch?“, fragte er.

Jakob wäre gern mit den anderen zusammen gewesen, besonders mit Anna, aber er musste nach Kilian sehen, unbedingt. „Ich muss zu meinem Bruder. Er ist beim Bauer Rohrmoser in Berg.“

„Und ich muss zurück, sonst bekomme ich Ärger“, sagte Anna.

„Hast du heute nicht frei?“, fragte Alois.

Sie schüttelte den Kopf.

„Das ist eine Sauerei!“

Anna zog nur die Schultern hoch.

Sie und Jakob gingen.

„Weißt du den Weg nach Berg?“, fragte Anna.

„Ungefähr.“

„Dann mach’s gut!“

„Du auch.“ Jakob drehte sich um und lief los.

Weil die neuen Schuhe an den Fersen rieben, zog er sie bald aus und lief barfuß weiter. Am Ortsausgang wusste er nicht mehr, welcher der zwei Wege nach Berg führte. Er stand noch unschlüssig an der Gabelung, als hinter ihm Pferdegetrappel zu hören war. Ein Bauer kam mit seinem Einspänner angefahren und Jakob trat zur Seite.

„Brrrr!", machte der Bauer und brachte das Pferd zum Stehen. „Wo willst du denn hin?"

„Nach Berg zu meinem Bruder."

„Bist du ein Hütebub?"

Jakob nickte.

„Und dein Bruder ist bei einem Bauern in Berg drüben?"

„Ja, beim Gottlieb Rohrmoser."

„Steig auf, ich fahr nach Weingarten und nehm dich ein Stück mit."

Jakob stieg auf und setzte sich neben den Bauern. Während der Fahrt fragte der: „Hast neue Schuhe und die drücken noch, was?"

Jakob nickte.

„Dagegen gibt's ein gutes Mittel: Du musst hineinpieseln und sie anziehen. Dann wird das Leder weicher und passt sich deinen Füßen an. Hast du das nicht gewusst?"

Jakob schüttelte den Kopf. „Das sind meine ersten neuen Schuhe."

„Woher kommst du denn – halt, lass mich raten!" Der Bauer musterte Jakob, als könne er ihm ansehen, woher er kam. „Also ein Schweizer bist du nicht; die reden ja so komisch, dass man sie nicht versteht. Deiner Sprache nach könntest du ein Tiroler sein, stimmt's?"

Wieder nickte Jakob.

„Du redest nicht viel", sagte der Bauer. „Na ja, dann sagst du schon nichts Falsches."

Nach einer knappen halben Stunde bremste der Bauer das Pferd. „Da vorne ist Berg. Den Rest musst du zu Fuß gehen." Er lächelte. „Und denk dran: in die Schuhe pieseln!"

Jakob sprang mit den Schuhen in der Hand ab. „Vergelt's Gott!"

„Schon recht", sagte der Bauer und fuhr weiter in Richtung Weingarten.

Jakob schaute sich um, niemand war zu sehen. Da stellte er sich hinter einen Strauch, öffnete seinen Hosenlatz und pieselte in die Schuhe. Dann schlüpfte er hinein und schnürte sie fest zu. Bei den ersten Schritten knautschte und schmatzte es noch, aber das legte sich bald. Und das weicher gewordene Leder rieb und drückte tatsächlich weniger als zuvor.

Er marschierte zügig weiter und erreichte bald eine kleine Ortschaft. Bei den ersten Häusern fragte er einen Mann nach dem Hof von Gottlieb Rohrmoser. Der Mann zeigte ihm den Weg, und wenige Minuten später hatte Jakob sein Ziel erreicht. Ein wild bellender und an der Kette zerrender Schäferhund empfing ihn.

Die Haustür öffnete sich und Jakob sah den Mann, der Kilian gekauft hatte. „Was ist los? Was willst du?"

„Ich … äh … ich möchte zu meinem Bruder."

„Zu was für einem Bruder?", fragte Bauer Rohrmoser, kam die Treppe herunter und herrschte den Hund an: „Kusch!"

Der Hund verstummte und zog den Schwanz ein.

Der Rohrmoser musterte Jakob. „Ach, jetzt erkenne ich dich. Du bist der Bruder vom Kilian."

Jakob nickte.

„Er hütet die Gänse und Enten." Der Bauer deutete mit der Hand in die Richtung, in die Jakob gehen musste.

Aber es ist doch Sonntag, wäre es Jakob beinahe herausgerutscht. Wortlos drehte er sich um und ging in die gezeigte Richtung. Es dauerte nicht lange, bis er das Federvieh entdeckte. Kilian saß auf dem Boden und rieb seine nackten Füße mit den Händen. Er bemerkte Jakob erst, als der vor ihm stand.

„Jakob!", rief er, sprang auf und umarmte seinen Bruder. Tränen schossen ihm in die Augen. „Du musst bei mir bleiben", nuschelte er.

In Jakob krampfte sich etwas zusammen. Er musste kräftig schlucken.

Eine Weile standen sie so da. Dann schob Jakob seinen Bruder sanft von sich. „Ich kann nicht bei dir bleiben, ich muss wieder zurück."

„Dann geh ich mit dir!"

„Das kannst du nicht", erwiderte Jakob. „Du musst hierbleiben."

„Ich will nicht hierbleiben!"

„Wirst du geschlagen?", fragte Jakob.

„Nur manchmal eine Watschen."

„Kriegst du nicht genug zu essen?"

„Doch, aber ich will trotzdem nicht hierbleiben", antwortete Kilian. „Hier mag mich niemand."

„Niemand mag uns hier“, sagte Jakob und verschwieg die kleine Bärbel. „Wenn du genug zu essen kriegst und nur manchmal eine Watschen, kannst du zufrieden sein. Heute haben ein paar von uns ganz andere Sachen erzählt. Die haben es nicht so gut wie du.“

„Das ist mir egal.“

„Hat dich der Bauer nicht in die Kirche gelassen?“, fragte Jakob, um das Thema zu wechseln.

„Doch. Aber nach dem Mittagessen hat er gesagt, die Gänse und Enten müssen auch am Sonntag gehütet werden, und mich mit denen rausgeschickt.“

„Jetzt bleibe ich ein Weilchen bei dir“, sagte Jakob. „So lange kannst du meine Schuhe haben.“ Er zog sie aus und Kilian schlüpfte hinein.

„Die sind schön warm“, bemerkte er.

Jakob erzählte, was er mit den Schuhen gemacht hatte. Da huschte zum ersten Mal ein Lächeln über Kilians Gesicht. „Wenn ich neue Schuhe kriege, mache ich es auch so.“

Seit sein Bruder da war, hatte Kilian nicht auf die Gänse und Enten geachtet, die sich langsam entfernten.

„He! Die hauen ab!“, rief Jakob plötzlich.

Gemeinsam trieben sie die Tiere wieder zusammen. Dann setzten sie sich ins Gras, und Jakob wollte von seinem Bruder wissen, wie es beim Rohrmoser war. Kilian erzählte, dass der Bauer eine Frau und drei Kinder hatte.

„Der Älteste heißt Franz und ist schon ein Mann, aber er ist nicht ganz richtig im Kopf. Der Bauer sagt manchmal: ‚Der ist zu dumm zum Mäusemelken.'" Kilian kicherte. „Die Magdalena und der Johannes gehen noch zur Schule und sind gescheiter als der Franz, aber trotzdem blöder. Die wollen mir immer befehlen, was ich tun soll. Aber von denen lasse ich mir nichts befehlen."

„Und wie ist der Bauer?", fragte Jakob.

„Er sagt allen, was sie tun müssen", antwortete Kilian. „Gestern wollte Johannes nicht und hat widersprochen. Da hat er eine solche Watschen gekriegt, dass man die Finger auf seiner Backe noch am Abend gesehen hat. Das hat mich gefreut."

„Und die Bäuerin?"

„Die meckert und schimpft immer mit allen, aber geschlagen hat sie mich noch nie", antwortete Kilian.

„Gibt's hier keinen Knecht?", wollte Jakob noch wissen.

„Doch, den Melchior. Mit dem schlafe ich in einem Bett."

„Und?"

„Der schnarcht wie zehn Schweine."

„Und sonst?"

„Was?"

„Wie ist er sonst zu dir?"

„Er zeigt mir die Sachen, wenn ich etwas nicht weiß", antwortete Kilian. „Und er hilft mir, wenn Magdalena und Johannes mich ärgern."

„Na, siehst du", sagte Jakob erleichtert. Das alles hörte sich so an, als habe sein Bruder zwar nicht den besten Platz erwischt, aber auch nicht den schlechtesten.

Zu Hilfe!

Neben dem Heimweh und den langen Arbeitstagen litt Jakob vor allem unter Hermann. Der machte ihm das Leben schwer. Es verging kein Tag, an dem er den Buben nicht schlug und piesackte. Und jedes Mal drohte er: „Ein Wort zum Bauern und du bekommst noch mehr!“

Einmal stellte er ihm im Stall ein Bein, dass Jakob der Länge nach in den Kuhmist fiel.

„Pass doch auf, wo du hintrittst!“, schimpfte der Bauer.

Und nach der Arbeit sagte die Ahne: „So setzt sich der Saukerl nicht an den Tisch!“

Jakob musste die Stube verlassen und bekam an jenem Abend nichts zu essen.

Ein andermal legte Hermann ihm eine tote Ratte aufs Kopfkissen. Weil es duster war, als sie ins Bett gingen, sah Jakob sie nicht.

„Schlaf gut“, sagte Hermann.

Jakob wunderte sich über diese Freundlichkeit, war jedoch zu müde, um darüber nachzudenken. Kaum lag er, schoss er wie von der Tarantel gestochen hoch, sprang aus dem Bett und schrie: „Was ist das?“

Hermann lachte los.

Jakob zündete die Laterne an, sah die Ratte und wich zurück.

„Keine Angst, die kann dich nicht mehr beißen“, gluckste Hermann.

„Tu die da weg!“, rief Jakob.

„Ich?“ Hermann schüttelte lachend den Kopf. „Ich denke nicht daran. Das ist ja nicht mein Bett.“

„Du Schwein!“, rief Jakob.

Hermann hörte auf zu lachen, und sein Gesichtsausdruck veränderte sich. „Pass auf, was du sagst, du Sautiroler, du!“

Jakob stiegen Tränen in die Augen. Mit spitzen Fingern fasste er den Schwanz der Ratte. Am liebsten hätte er sie Hermann ins grinsende Gesicht geschlagen. Aber aus Angst tat er es nicht und warf sie zum Fenster hinaus. Dann drehte er das Kissen auf die andere Seite und schlüpfte wieder ins Bett.

Obwohl er müde war, lag Jakob an diesem Abend noch lange wach. Als er endlich einschlief, träumte er von vielen Ratten. Sie wuselten um ihn herum, kletterten an ihm hoch und begannen, an seinem Kopf zu nagen. Da wachte er schweißgebadet auf.

Ein paar Tage später stieß Hermann ihn in den Bach, der sich nicht weit vom Hof entfernt durch die Felder schlängelte.

„Du badest doch so gern!“, rief er dem japsenden Buben zu.

Jakob konnte nicht schwimmen und schluckte kräftig Wasser, bevor er die Wurzel eines Baumes zu fassen bekam und sich daran ans Ufer hochzog. Dort packte ihn Hermann und schüttelte ihn. „Ein Wort zum Bauern, und das nächste Mal werf ich dich hinein, wo es tiefer ist!“

Patschnass lief Jakob zum Haus und wurde von der Ahne ausgeschimpft.

Und einmal drückte Hermann ihm in der Nacht das Kopfkissen aufs Gesicht, dass Jakob beinahe erstickt wäre. Seither hatte er jeden Abend Angst vor dem Zubettgehen. Überall hätte er lieber geschlafen als neben diesem gemeinen Kerl. Aber das konnte er niemandem sagen.

Jakob war froh, wenn der Bauer ihm eine Arbeit gab, die er ohne Hermann verrichten konnte. So eine Arbeit war das Striegeln und Bürsten der Kühe und Kälber. Sie war zwar anstrengend, aber Jakob hatte wenigstens einige Zeit seine Ruhe.

Während er eines Nachmittags dabei war, den angetrockneten Mist von den Hinterbeinen einer Kuh zu bürsten, hörte er draußen jemanden rufen. Zuerst achtete er nicht darauf und arbeitete weiter. Doch die Rufe wurden lauter und er erkannte das Wort „Hilfe!". Mit dem Striegel in der Hand trat er aus dem Stall und sah die kleine Johanna, Bärbels Spielkameradin vom Nachbarhof. Sie lief, so schnell sie ihre Beine trugen, und Bello rannte kläffend neben ihr her. Das Mädchen war völlig außer Atem. Jakob verstand nur „Bärbel" und „Bach". Doch das genügte, um zu ahnen, was passiert war.

Sofort rannte er los, überholte Johanna, fiel beinahe über den Hund, der ihm in die Quere kam, erreichte den Bach, konnte Bärbel aber nirgendwo sehen. Bello kläffte wie wild. Jakob hastete am Ufer entlang, vorbei an Bäumen und Sträuchern, wobei ihm Zweige ins Gesicht schlugen. Nach einer Biegung entdeckte er Bärbel. Sie klammerte sich an einen tief über dem Wasser hängenden Ast. Ohne daran zu denken, dass er nicht schwimmen konnte, sprang Jakob in den Bach. Das Wasser reichte ihm bis an die Brust und zerrte heftig an ihm. Jakob hatte große Mühe, auf den Beinen zu bleiben. Gerade als er nach Bärbel greifen wollte, wurde sie plötzlich von der Strömung weggezogen. Blitzschnell warf Jakob seinen Oberkörper und die Arme nach vorn, erwischte einen Zipfel von Bärbels Kleid, krallte sich daran fest, verschwand unter Wasser, kam wieder hoch und konnte sich mit der freien Hand im letzten Augenblick an dem Ast festhalten. Er zog Bärbel zu sich her und brachte ihren Kopf über Wasser. Doch er merkte, dass er es mit ihr nicht ans Ufer schaffen würde.

„Hol Hilfe!“, rief er Johanna zu, die wie gebannt am Ufer stand. „Schnell!“

Während Johanna wieder zum Haus rannte, gefolgt von Bello, hielt Jakob sich und Bärbel mit aller Kraft über Wasser. „Bärbel!“, schrie er ihr ins Gesicht. „Bärbel! Mach doch die Augen auf!“

Aber sie hörte ihn nicht.

Erst jetzt spürte Jakob, wie kalt das Wasser war. Seine Finger begannen zu kribbeln und er fühlte, wie die Kraft aus ihnen schwand und sein Griff lockerer wurde.

Da schlug Bärbel die Augen auf und guckte, als käme sie aus einer anderen Welt. „Jakob“, sagte sie leise.

„Bärbel!“

Schon fielen ihr die Augen wieder zu. Dann schrie Jakob, so laut er konnte, um Hilfe.

„Ich komme!“, hörte er eine Stimme antworten.

„Trude“, murmelte Jakob. „Das ist Trude“, wiederholte er, als könne Bärbel ihn hören.

Trude war schneller gelaufen als die Ahne und sprang ins Wasser, obwohl auch sie nicht schwimmen konnte. Weil sie größer und kräftiger war als die Kinder, konnte ihr die Strömung nicht viel anhaben. Sie watete zu ihnen, nahm Bärbel auf den Arm und trug sie ans Ufer, wo die Ahne wartete und mit bebender Stimme fragte: „Lebt sie noch?"

Trude nickte und übergab Bärbel der Ahne. Dann watete sie schnell wieder zurück, um Jakob zu holen, der sich kaum noch halten konnte. Sie packte ihn unter den Armen und schleppte auch ihn ans Ufer. Die Ahne reichte ihm die Hand und zog ihn hoch.

„Was ist mit Bärbel?", fragte Jakob.

„Sie lebt", antwortete die Ahne. „Gott sei Dank."

„Jakob", sagte Bärbel mit schwacher Stimme und versuchte ein Lächeln.

Die Ahne nahm Bärbel auf den Arm. „Ihr zwei seid völlig durchgefroren, ihr müsst schnell ins Warme", sagte sie energisch. „Und du auch", fügte sie an Trude gewandt hinzu.

Sie gingen ins Haus, wo die Ahne Jakob nach oben schickte, um die nassen Kleider aus- und trockene anzuziehen.

„Ich hab aber nur noch das Sonntagshäs", sagte er bibbernd.

„Dann ziehst du das an."

Eine Viertelstunde später saßen Bärbel und Jakob dick in Decken eingepackt nebeneinander auf der Bank am Kachelofen. Die Ahne brühte Hagebuttentee auf, tat ordentlich Honig hinein und brachte jedem eine Tasse. „Vorsicht, er ist noch heiß!"

Die Kinder pusteten und schlürften den Tee ganz langsam. Er tat gut und wärmte von innen. Auch Trude setzte sich an den Ofen und trank eine Tasse Tee.

Dann erzählten die Kinder, was passiert war: Bärbel und Johanna hatten Verstecken gespielt. Bärbel hatte sich hinter einen Baumstamm am Bach gestellt. Plötzlich war Bello gekommen und hatte sie mit der Schnauze angestupst. Bärbel war abgerutscht, hatte sich an einer Wurzel festhalten können und nach Johanna gerufen. Die hatte versucht, ihre Spielkameradin hochzuziehen, es aber nicht geschafft.

„Dann bin ich schnell losgerannt und habe ganz laut ‚Hilfe!' geschrien", sagte Johanna.

„Und ich hab mich nicht mehr halten können und bin ins Wasser gefallen", redete Bärbel weiter. „Das war eiskalt. Ich hab viel geschluckt, und dann weiß ich nichts mehr."

„Es ist ja gerade noch mal gut gegangen", murmelte die Ahne.

„Ja, weil Jakob gekommen ist und Bärbel gerettet hat", sagte Johanna.

In diesem Augenblick trat der Bauer in die Stube und blieb verwundert an der Tür stehen. „Was ist denn hier los? Warum sitzen Trude und Jakob am Ofen und machen nicht ihre Arbeit?"

„Sie … sie haben …" Die Ahne stockte und begann noch mal: „Bärbel ist in den Bach gefallen, der Bub und Trude haben sie herausgeholt."

„In den Bach gefallen", sagte der Bauer und man sah ihm an,

wie ihn der Schreck durchfuhr. Dann wollte er wissen, was genau passiert war.

Die Mädchen und Trude erzählten wortreich, Jakob hörte schweigend zu.

„Kannst du denn schwimmen?", fragte ihn der Bauer.

Jakob schüttelte den Kopf.

Der Bauer stellte sich neben ihn und klopfte ihm anerkennend auf die Schulter. „Danke, dass du so tapfer warst. Heute gehst du nicht mehr raus. Die Ahne soll dafür sorgen, dass ihr beide nicht krank werdet."

Ein schlimmer Verdacht

„Ab heute führst du die Kühe auf die Hangwiesen, die ich dir gestern gezeigt habe", sagte der Bauer eines Morgens Anfang April nach dem Melken zu Jakob. „Geh in die Küche zur Ahne, sie hat dir ein Vesper und etwas zu trinken eingepackt."

Jakob lief ins Haus, holte seine Jacke und den Rucksack in der Küche.

„Wo gehst du hin?", fragte Bärbel.

„Kühe hüten", antwortete er nur und war schon draußen.

Der Bauer gab Jakob einen Stock, dann mussten er und Hermann die Kühe aus dem Stall treiben. Nur die Gretel blieb noch bei ihrem fünf Tage alten Kälbchen.

Am Tag zuvor waren die Kühe zum ersten Mal draußen gewesen, um sich nach dem langen Winter wieder ans Freie zu gewöhnen. Jetzt trotteten die meisten friedlich auf den Hof. Nur zwei kamen sich ins Gehege, muhten sich lautstark an und senkten die Köpfe. Bevor sie sich mit ihren Hörnern verletzen konnten, scheuchte Hermann sie mit ein paar Stockhieben auseinander.

„Weißt du, welche die Fanni ist?", fragte der Bauer.

Jakob zeigte auf die größte Kuh, die eine Art Stern auf der weißen Stirn hatte.

Der Bauer nickte und band ihr eine Glocke um den Hals. „Die Fanni muss vorne gehen, dann trotten die andern hinter ihr her."

Jakob tippte Fanni mit dem Stock an und sagte: „Hü!"

Die Leitkuh setzte sich in Bewegung, die anderen Kühe folgten ihr, wie es der Bauer vorausgesagt hatte. Jakob ging neben Fanni und schaute von Zeit zu Zeit zurück, ob auch keine fehlte.

Als sie am Ziel waren, machte Jakob ein paar schnelle Schritte, stellte sich mit erhobenem Stock vor Fanni und rief: „Brrrr!"

Die Kuh blieb stehen, hob den mächtigen Kopf, dass die Glocke kräftig bimmelte, und muhte laut. Einen Augenblick sah es aus, als wolle sie wie ein Stier auf Jakob losgehen. Er wich zurück, stolperte und fiel hin. Fanni kam näher, senkte den Kopf und schob ihre Zunge aus dem Maul. Jakob konnte sich gerade noch wegdrehen, bevor sie ihm das Gesicht ableckte. Fanni muhte wieder, wandte sich ab, beachtete ihn nicht mehr und begann zu grasen.

Jakob rappelte sich auf und hätte ihr am liebsten ein paar mit dem Stock gegeben, tat es aber nicht, weil er fürchtete, sie könnte ihn doch noch angreifen.

Zu dieser frühen Jahreszeit spross das Gras auf den Hangwiesen noch spärlich. Die Kühe mussten ständig weiterziehen, um saftige Halme zu finden. Jakob hatte Mühe, sie zusammenzuhalten. Weil er in Bewegung war, spürte er die taufeuchte Kühle unter seinen nackten Füßen zuerst kaum. Doch bald wurden sie immer kälter. Er tänzelte von einem Bein aufs andere, setzte sich auf einen Baumstumpf und rieb die Füße mit den Händen ein wenig warm. Das half allerdings nicht lange.

Als er eine Kuh zurücktrieb, die sich dem Waldrand genähert hatte, hob sie den Schwanz und Sekunden später platschte es hinter ihr. Zögernd schaute Jakob den dampfenden Fladen an, dann trat er mit beiden Füßen hinein. Er bewegte die Zehen und spürte, wie die Wärme langsam in seine Füße kroch. Das war ein schönes Gefühl. Und bevor der Fladen kalt wurde, platschte es hinter der nächsten Kuh. Jakob lief schnell hin und stellte sich in den zweiten Fladen. Wieder spürte er die Wärme und wünschte sich, so möge es den ganzen Tag weitergehen.

Gegen Mittag frischte der Wind auf, trieb dunkle Wolken vor sich her und wenig später fielen die ersten Tropfen vom Himmel. Als der Regen stärker wurde, hockte sich Jakob unter den Bauch einer Kuh. Dort konnte er aber nicht lange bleiben, weil die Kuh auch Schutz vor dem Regen suchte und mit der Herde in Richtung Waldrand trottete.

Jakob zählte alle, um sicher zu sein, dass keine fehlte. Wenn ihm ein Tier verloren ginge, wäre es mit der Gutmütigkeit des Bauern aus und vorbei, das wusste er.

Alle acht Kühe und die zwei Rinder waren noch da. Einige legten sich hin und käuten wieder, was sie gefressen hatten; andere blieben stehen und glotzten kauend in die Gegend.

Wie Jakob die Kühe so kauen sah, bekam er auch Hunger. Er nahm den Rucksack vom Rücken, setzte sich unter einen Baum, aß Brot und Käse und trank dazu den mit Wasser verdünnten Beerensaft. Je länger er so ruhig dasaß und den Regen fallen sah, desto mehr spürte Jakob die Müdigkeit. Seine Augen wurden immer schwerer. Ich darf nicht schlafen, ich muss auf die

Kühe aufpassen, dachte er noch. Doch mit dem letzten Bissen im Mund schlief er ein.

Ein Knacken schreckte Jakob auf. Er brauchte ein paar Sekunden, bis er begriff, wo er war. Dann sprang er hoch. Weit und breit war keine Kuh zu sehen. Jakob lief ein Stück, blieb stehen und schaute sich wie ein gehetztes Tier um. Es hatte aufgehört zu regnen, die Sonne schien vom blauen Himmel. Doch das nahm er kaum wahr. „Fanni!“, schrie er. „Fanni, wo bist du?“

Weil er keine Antwort bekam, raste er verzweifelt zum Wald zurück und ein paar Meter hinein. Auch dort war keine Kuh. Panik erfasste Jakob. Er rannte wieder auf die Wiese und dort kreuz und quer hin und her.

Plötzlich blieb er stehen. Irrte er sich oder hatte er eine Glocke gehört?

Er hielt den Atem an und lauschte. Da war es wieder! Er lief in die Richtung, aus der das Bimmeln kam – und entdeckte Fanni hinter einem kleinen Hügel. Er lief zu ihr und schlug ihr den Stock mehrmals auf den Rücken. Fanni muhte laut und entfernte sich mit ein paar Sätzen von Jakob. Weil dabei die Glocke kräftig bimmelte, kamen die anderen Kühe näher.

„Tut mir leid, Fanni!“, rief Jakob. „Das wollte ich nicht!“ Er warf den Stock weg und näherte sich der Leitkuh langsam. „Du kannst ja nichts dafür, dass ich eingeschlafen bin. Komm her, ich tu dir nichts mehr.“ Er streckte ihr seine leeren Hände entgegen.

Die Kuh stierte ihn mit ihren großen Augen an. Es sah so

aus, als überlege sie, ob sie Jakob angreifen oder sein Friedensangebot annehmen solle. Mit einem lang gezogenen „Muuuuuh!" drehte sie sich und ihr Schwanz landete in Jakobs Gesicht. Er blieb stehen und nahm das als gerechten Ausgleich für die Schläge auf ihren Rücken.

„Jetzt sind wir quitt", sagte er und schaute sich nach den anderen Tieren um. Die Kühe waren alle in der Nähe, ebenso ein Rind. Nur das zweite Rind fehlte.

Sofort wuchs Jakobs Unruhe. Er lief wieder los, wollte das Rind rufen, wusste aber dessen Namen nicht. „He, wo bist du?", schrie er, während seine Augen das Gelände absuchten. Dann erspähte er hinter einem Strauch etwas Braunes. Er lief schneller und fand das friedlich grasende Rind. Weil er seinen Stock nicht hatte, klatschte er in die Hände und trieb es so zu den Kühen zurück. Heftig atmend holte er seinen Stock und den Rucksack, der noch unter dem Baum am Waldrand lag.

Von nun an passte er besser auf. Sobald eine Kuh sich zu weit entfernen wollte, war er zur Stelle und hielt die Herde beisammen.

Das Wetter änderte sich auch am Nachmittag mehrmals. Zweimal kam böiger Wind auf und brachte Regenschauer, zweimal folgte strahlender Sonnenschein. Obwohl es nicht mehr so kalt war wie am Morgen, stellte Jakob sich in jeden Fladen, den eine der Kühe fallen ließ. Als sich die Sonne zum Horizont neigte, trieb er die Kühe von der Weide. Und damit er keine kackbraunen Füße mehr hatte, hielt er sie unter den Strahl, als eine Kuh pisste.

Auf dem Hof wurde er schon erwartet.

„Jakob! Jakob!“, rief Bärbel und wollte ihm entgegenlaufen.

Ein scharfer Ruf ihres Vaters hielt sie zurück. „Geh zur Ahne!“

Bärbel gehorchte.

Hermann und Trude führten die Kühe und Rinder in den Stall und banden sie fest.

Der Bauer stellte sich vor Jakob hin, blickte ihn streng an, wie er ihn noch nie angeschaut hatte, und fragte: „Hast du mir etwas zu sagen?“

„Ich … äh … nein … was …“, stammelte Jakob.

„Jakob!“, sagte der Bauer drohend.

Jakob wurde es heiß.

„Schau mich an!“

Jakob versuchte es, hielt den Blick des Bauern aber nicht lange aus.

„Ich frage dich jetzt noch einmal: Hast du mir etwas zu sagen?“

In Jakobs Gehirn arbeitete es fieberhaft. Und plötzlich glaubte er zu wissen, warum der Bauer so anders war als sonst. „Ich … ich wollte es doch nicht“, murmelte er. „Es ist einfach passiert.“

„Du gibst es also zu?“

Jakob nickte.

„Das hätte ich nicht von dir gedacht.“

„Ich war so müd, dass mir beim Vespern die Augen einfach zugefallen sind“, murmelte Jakob als Entschuldigung.

„Vesper? Die Augen zugefallen?“, wiederholte der Bauer irritiert. „Was redest du denn da?“

„Das passiert mir bestimmt nicht mehr“, fügte Jakob schnell hinzu, um den Bauern zu beschwichtigen. „Ich verspreche es.“

„Du … du bist beim Hüten eingeschlafen.“

Wieder nickte Jakob.

„Das ist schlimm genug, aber darum geht es gar nicht.“

Jetzt war es Jakob, der mit großen Augen schaute. Er hatte keine Ahnung, was der Bauer von ihm wollte.

„Hast du das Geld gestohlen?“, fragte der nun ohne Umschweife.

Jakob blieb die Luft weg. Er fühlte sich, als schrumpfe er zusammen und versinke gleich im Boden.

„Antworte!“

Geld gestohlen? Welches Geld? Jakob schüttelte heftig den Kopf.

„Jakob!“

„Ich … nein … ich habe … kein Geld … gestohlen“, brachte er schließlich heraus.

„In der Küchenschublade fehlen aber zehn Gulden“, sagte der Bauer.

„Ich … ich war nicht an der Küchenschublade“, murmelte Jakob.

„Aber das Geld ist weg!“

„Ich habe noch nie etwas gestohlen, noch gar nie“, erwiderte Jakob nun mit fester Stimme.

Die Art und Weise, wie Jakob das sagte, machte den Bauern

unsicher. Er kratzte sich am Kopf und dachte nach. „Ich krieg das raus, so wahr ich Konrad Hartmann heiße! Und wehe, wenn du lügst!“ Mit diesen Worten wandte er sich ab. Dann drehte er sich noch einmal um. „Bring der Ahne den Rucksack, dann kommst du in den Stall!“

Jakob trottete wie benommen ins Haus, gab der Ahne den Rucksack, die ihn wortlos entgegennahm, und ging nach oben in die Schlafkammer, um seine Arbeitsschuhe anzuziehen. Als er die Tür öffnete, sah er Hermann, der sich gerade über Jakobs Bett beugte. Jakob wollte schon rufen: „Was machst du da?“, tat es aber nicht, sondern zog die Tür leise zu und versteckte sich unter der Treppe, bis Hermann aus dem Haus war. Dann ging er schnell wieder nach oben und stand mit klopfendem Herzen vor seinem Bett.

Bestimmt hat der gemeine Kerl wieder eine Ratte oder sonst etwas Ekliges hineingelegt, dachte er.

Vorsichtig hob er die Decke ein wenig hoch und traute sich kaum hinzuschauen. Er kniff die Augen zu, dass er nicht so genau sehen musste, was da lag. Doch da lag nichts.

Nun verstand Jakob gar nichts mehr. „Was hat der denn gemacht?“, murmelte er vor sich hin.

Er hob das Kopfkissen hoch – da blieb ihm fast das Herz stehen. Vor ihm lagen mehrere Geldstücke! Jakob bekam weiche Knie, und wie vorhin auf dem Hof, als der Bauer ihn gefragt hatte, ob er das Geld gestohlen habe, hatte er das Gefühl zu schrumpfen. Er sank aufs Bett und starrte die Geldstücke an, ohne sie wirklich zu sehen. Obwohl er noch nie einen Gulden in der Hand gehabt hatte, wusste er, dass das die gestohlenen zehn Gulden waren.

Nachdem Jakob sich vom ersten Schreck erholt hatte, begann sein Gehirn langsam wieder zu arbeiten.

Hermann hat das Geld gestohlen und unter mein Kopfkissen gelegt. Aber warum? Wenn einer stiehlt, will er das Geld doch haben und gibt es keinem andern. Sowieso kann mich Hermann nicht leiden und würde mir nie im Leben Geld geben. Aber wenn der Bauer das Geld unter meinem Kopfkissen findet …

Jakob erschrak.

Er darf es nicht finden! Ich hab es ja nicht gestohlen. Aber er soll es finden und glauben, dass ich es gestohlen habe. Deswegen hat Hermann es da hingelegt.

„Jakob, wo steckst du denn?“, rief unten der Bauer.

Wieder blieb ihm fast das Herz stehen. Hastig nahm er die Geldstücke und legte sie unter das Kopfkissen von Hermanns Bett.

„Ich komme!“, antwortete er. „Ich zieh nur grad meine Schuhe an!“

„Aber heute noch!“

Jakob schlüpfte in die Schuhe und beeilte sich so, dass er beinahe die Treppe hinuntergestürzt wäre.

„Jetzt wird's aber Zeit!“, schnauzte ihn der Bauer an und ging voraus in den Stall.

Weil Hermann schon am Morgen frisch eingestreut hatte, als die Kühe auf der Weide gewesen waren, half er jetzt beim

Melken. Jakob mistete bei den Kälbchen und bei Gretel aus und holte ihnen Futter. Dann brachte er den Schweinen ihr Fressen, trieb das Federvieh ins Hühnerhaus und sammelte die Eier ein. In den letzten Tagen hatte Bärbel ihm immer dabei geholfen, doch heute zeigte sie sich nicht.

Als sie mit der Arbeit fertig waren, gingen sie in die Stube zum Vespern. Statt dem Tischgebet sagte der Bauer: „In der Küchenschublade fehlen zehn Gulden. Bevor jemand einen Bissen isst, will ich wissen, wer das Geld herausgenommen hat!"

Zuerst wurde es mucksmäuschenstill in der Stube. Dann sagte Trude: „Ich habe nichts gestohlen."

„Ich auch nicht", brummte Hermann.

„Jakob behauptet, er sei es auch nicht gewesen", schnauzte der Bauer. „Wenn es keiner von euch war, dann habe ich das Geld wohl selbst gestohlen!"

Bärbel starrte ihren Vater an.

„Der lügt!", sagte Hermann.

„Wer lügt?", fragte der Bauer, obwohl nur einer gemeint sein konnte.

„Die Sautiroler lügen und stehlen doch alle!", behauptete Hermann.

„Das ist nicht wahr!", wehrte sich Jakob. Und beinahe wäre ihm herausgerutscht, was er wusste.

„Wie kommst du dazu, das zu behaupten?", wollte der Bauer von Hermann wissen.

„Mir hat er auch schon Geld gestohlen, dann hab ich's in seinem Bett gefunden."

Jakob war es, als hätte er einen Schlag in den Magen bekommen.

„Stimmt das?“, fragte der Bauer.

Jakob konnte nur den Kopf schütteln.

Die Hände des Bauern ballten sich zu Fäusten und zeigten an, dass er sich nur noch mühsam beherrschen konnte. „Mitkommen!“, zischte er, sprang auf, dass sein Stuhl nach hinten kippte, eilte hinaus und durch den Flur, nahm zwei Treppenstufen auf einmal, stieß die erste Tür auf, schlug beim Eintreten den Kopf an, fluchte lautstark, ging in die Kammer und riss Decke und Kissen aus Jakobs Bett.

„Hier ist kein Geld!“, schnauzte er Hermann an.

Der stand neben Jakob hinter dem Bauern. „Das gibt's doch nicht“, rutschte es ihm heraus.

„Wenn ich schon hier oben bin, kann ich auch gleich bei dir nachschauen.“ Schon riss der Bauer die Decke weg, dann das Kopfkissen – da lagen die zehn Gulden.

„Du hast das Geld gestohlen!“, rief der Bauer.

„Nein! Das ist … ich nicht … das kann …“, stammelte Hermann fassungslos.

„Gib's wenigstens zu!“

„Nein! Das … das hat mir der Sautiroler unters Kopfkissen gelegt!“, rief Hermann, drehte sich um und schlug Jakob ins Gesicht.

Da versetzte ihm der Bauer einen Stoß, dass der Knecht durch die offene Tür taumelte und draußen gegen die Holzwand krachte.

„Hast du das Geld gestohlen und unter sein Kopfkissen gelegt?“, fragte der Bauer Jakob.

Jakob schüttelte stumm den Kopf.

„Ja oder nein!“

„Nein!“

„Schau mir in die Augen und sag's noch mal!“

Jakob hob den Blick.

„Er lügt!“, rief Hermann.

„Kein Wort mehr!“ Der Bauer schlug die Tür zu. Dann sagte er zu Jakob: „Ich will jetzt wissen, was hier los ist!“

Zögernd berichtete Jakob, wie sich der Knecht an seinem Bett zu schaffen gemacht hatte, wie er selbst das Geld entdeckt und es unter Hermanns Kopfkissen gelegt hatte. Und weil ihn der Bauer ermunterte, erzählte er noch mehr.

Da flog die Tür auf und Hermann schrie: „Das ist alles nur gelogen! Du wirst doch so einem Sautiroler nicht glauben! Ich arbeite schon drei Jahre auf dem Hof, da wirst du mir doch mehr glauben als so einem Sautiroler!“

„Du wartest hier auf mich“, sagte der Bauer und ging mit Jakob an Hermann vorbei.

In der Stube saßen die Ahne, Bärbel und Trude auf ihren Plätzen und schauten den Bauern gespannt an.

„Setz dich!“, sagte er zu Jakob. „Ich will alles wissen!“

Und Jakob erzählte. Zwischendurch schielte er zur Tür, als habe er Angst, Hermann würde gleich hereinstürzen.

Der Bauer, die Ahne, Bärbel und Trude hörten staunend, entsetzt und angewidert zu.

„Hermann ist böse!“, sagte Bärbel schließlich und sprach damit aus, was alle dachten.

„Ich hab schon gemerkt, dass er dich manchmal hart angefasst hat“, sagte der Bauer. „Aber dass es so schlimm war, hätte ich nicht gedacht. Der verschwindet noch heute vom Hof!“

Noch mehr Arbeit

Seit Hermann weg war, mussten alle noch mehr arbeiten. Der Bauer versuchte zwar, einen neuen Knecht zu bekommen, doch das war nicht so einfach. Um diese Jahreszeit waren die guten Knechte längst in einer Stellung und irgendeinen Hallodri wollte er nicht auf dem Hof haben.

Jakob fiel nach den langen Arbeitstagen jeden Abend todmüde ins Bett. Aber wenigstens brauchte er jetzt keine Angst mehr zu haben, dass ihm jemand eklige Tiere aufs Kopfkissen legte, ihn nachts schlug oder beinahe erstickte. Wenn ihn Trude morgens um fünf weckte, glaubte er zu träumen, kam kaum aus dem Bett und tappte zuerst wie ein Schlafwandler herum.

„Komm mit!“, hatte der Bauer vor ein paar Tagen gesagt und ihn zum Brunnen vor dem Haus geführt. „Jetzt schüttest du dir zwei, drei Hände Wasser ins Gesicht, dann wirst du wach.“

Der Bauer pumpte, Jakob hielt die Hände wie eine Schale unter den Strahl – und zögerte.

„Na los, wir müssen an die Arbeit!“

Blitzschnell warf sich Jakob das kalte Wasser ins Gesicht und hielt die Luft an.

„So schlimm ist das nicht“, sagte der Bauer. „Du wirst dich daheim bestimmt auch mit kaltem Wasser waschen, oder?“

Jakob nickte.

„Na siehst du, dann bist du das doch gewöhnt.“

An eiskaltes Wasser im Gesicht kann man nie gewöhnt werden, schon gar nicht am frühen Morgen, wenn man noch halb schläft, dachte Jakob, behielt das jedoch für sich. Er folgte dem Bauern in den Stall, wo Trude schon mit dem Melken begonnen hatte. Der Bauer musste nun ausmisten, weil Jakob das allein nicht schaffte. Die Ahne half beim Melken, denn die Milch musste spätestens um halb acht in der Molkerei sein.

Während die Frauen noch molken, fütterte Jakob die Schweine, ließ das Federvieh in den Garten und sammelte die Eier im Hühnerhaus in einen Korb. Wenn alles gemacht war, gab es Frühstück. Dann packte ihm die Ahne ein Vesper in den Rucksack und Jakob führte die Kühe hinaus auf die Weide.

Drei Wochen dauerte die Zeit ohne Knecht. Dann kam Jakob gegen Abend mit den Kühen zurück und sah einen fremden Mann.

„Das ist Alfons, der neue Knecht“, stellte ihn der Bauer vor.

Mehr war nicht zu sagen und zu mehr war auch nicht die Zeit, denn die Kühe mussten in den Stall und gemolken werden.

Einerseits war Jakob froh, dass wieder ein Knecht auf dem Hof war und die Arbeit auf mehr Schultern verteilt wurde; andererseits beschlich ihn ein mulmiges Gefühl, denn man konnte ja nicht wissen, was der Neue für einer war.

Als sie später in den Betten lagen, schlief Jakob nicht gleich ein, obwohl er müde war.

„Schläfst du schon?“, fragte Alfons in die Dunkelheit hinein.

„Nein.“

„Hör zu: Für dich bin ich der Fonsi, so nennen mich meine

Freunde. Ich hoffe, wir vertragen uns; an mir soll's nicht liegen. Wir fahren nämlich am besten, wenn wir zusammenhalten. Verstehst du?"

„Ja."

„Du redest wohl nicht viel?" Alfons wartete auf eine Reaktion. Als keine kam, fuhr er fort: „Na ja, das ist nicht verkehrt. Und bei einem Neuen schon gar nicht. Du kennst mich ja noch nicht. Ich will dir kurz was von mir erzählen: Ich bin auf einem Hof in Tettnang aufgewachsen. Mein ältester Bruder hat den Hof geerbt, und ich hatte die Wahl, entweder bei ihm als Knecht zu arbeiten oder wegzugehen. Weil ich nicht der Knecht meines Bruders sein wollte, bin ich gegangen und weit im Land herumgekommen. Ich war 1848 dabei, als wir gegen die Fürsten gekämpft haben, weil wir mehr Rechte für das Volk wollten. Leider haben zu wenige mitgekämpft, deswegen haben wir gegen die Soldaten der Fürsten verloren. Seit damals weiß ich: Wir kleinen Leute müssen zusammenhalten, sonst stehen wir gegen die Fürsten und Herren auf verlorenem Posten. Und un ser Herr ist der Bauer, gegen ihn müssen wir zwei zusammenhalten."

Jakob hatte nicht alles verstanden, auch weil er zu müde war. Aber zum letzten Satz von Alfons sagte er: „Der Bauer ist gut. Er hat …"

„Gut?", unterbrach ihn Alfons. „Ich finde es schlimm genug, dass ich für einen Hungerlohn arbeiten muss, aber dass er dich für sich arbeiten lässt, ist noch viel schlimmer! Wie alt bist du?"

„Elf."

„Also noch ein Kind. Und woher kommst du?"

„Aus Galtür in Tirol."

„Der Bauer hat dich auf dem Kindermarkt in Ravensburg geholt, stimmt's?"

„Ja."

„Und wie viel bezahlt er für dich?"

„Das hat der …"

Wieder fiel ihm Alfons ins Wort. „Darauf kommt's gar nicht an. In deinem Alter solltest du nicht in der Fremde auf einem Hof arbeiten, sondern daheim in die Schule gehen und etwas lernen."

Das stimmt, dachte Jakob. Und was Fonsi sagt, hört sich so an, als müsse ich keine Angst vor ihm haben. Mit diesem beruhigenden Gedanken schlief er ein, obwohl Alfons noch weiterredete.

Wie immer war die Nacht viel zu kurz, und Jakob brauchte einen Schwung kaltes Wasser, um richtig wach zu werden.

Nach der Stallarbeit und dem Frühstück führte er die Kühe auf die Weide. Das Hüten war zwar keine schwere Arbeit, aber manchmal fror er jämmerlich.

Und noch schlimmer als die Kälte und der Regen war das Alleinsein.

Sein ganzes Leben lang hatte Jakob Menschen um sich gehabt: seine Eltern, seine Geschwister, seine Kameraden und die anderen Galtürer Kinder. Ganz selten war er allein gewesen, und wenn, dann nur für kurze Zeit. Jetzt war er von morgens bis zum späten Nachmittag mit Kühen zusammen, die vor sich hin grasten, wiederkäuten, was sie gefressen hatten, und hin und wieder muhten.

Jakob dachte an die letzten Worte, die er von Alfons am Abend im Bett gehört hatte, schloss die Augen und stellte sich vor, er wäre zu Hause. Seine Eltern und Geschwister saßen um den Tisch herum, aber er sah sie nur noch undeutlich und verschwommen. Er spürte ein schmerzhaftes Ziehen und Stechen in Brust und Bauch und musste weinen.

„Warum habt ihr mich fortgeschickt?", schrie Jakob so laut, dass einige Kühe den Kopf drehten und ihn mit ihren großen Augen anglotzen.

„Warum?", wiederholte er. Und obwohl er wusste, warum, konnte er es nicht verstehen.

Anton Lechleitner fiel ihm ein, der erzählt hatte, dass er als Bub viermal im Schwabenland gewesen war und sich später geschworen hatte, seine Kinder niemals wegzuschicken.

Jakob hob die rechte Hand und rief zum Himmel hinauf: „Ich schwöre, dass ich meine Kinder nie ins Schwabenland schicken werde. Niemals!"

Verschwunden

Als Jakob eines Abends mit den Kühen von der Weide kam, erwartete ihn Gottlieb Rohrmoser auf dem Hof.

„Wo ist der Saukerl?", rief er Jakob schon von Weitem entgegen.

Jakob bekam einen Schreck, denn er ahnte sofort, wen der Rohrmoser mit dem Saukerl meinte. „Warum … er ist … wieso … wo ist Kilian?", stammelte er.

„Das hab ich gerade dich gefragt!", schnauzte der Rohrmoser.

„Ist er denn nicht mehr bei Euch in Berg?"

„Dann wäre ich wohl nicht hier und würde ihn suchen, du Schwachkopf!"

„Aber wo …"

„Heute Morgen war er weg. Der Saukerl ist bestimmt zu dir gelaufen!"

Jakob schüttelte den Kopf. „Bei mir ist er nicht."

„Dir glaub ich kein Wort!", schrie der Rohrmoser und ging drohend auf Jakob zu. „Du hast ihn bestimmt irgendwo versteckt!"

Jetzt mischte sich der Bauer ein. „Wenn Jakob sagt, sein Bruder sei nicht hier, dann ist er auch nicht hier."

„Die lügen doch alle, die Sautiroler!", behauptete der Rohrmoser.

„Jakob lügt nicht", entgegnete der Bauer.

„Woher willst du das so genau wissen?"

Darauf antwortete der Bauer nicht.

Stattdessen murmelte Jakob: „Wenn Kilian nicht in Berg ist und nicht hier, wo ist er dann?"

„Das krieg ich raus und dann schlag ich ihn windelweich, den Saukerl!"

„Bevor du ihn windelweich schlagen kannst, musst du ihn erst einmal finden", entgegnete der Bauer.

„Ich muss ihn suchen", stieß Jakob hervor.

„Zuerst die Kühe …"

Aber Jakob machte kehrt und lief los, ohne auf das zu achten, was der Bauer sagte.

„Jakob!", rief der Bauer. „Bleib hier!"

Doch diesmal gehorchte Jakob nicht und lief einfach weiter.

„Verdammt, jetzt haut der auch noch ab!", schimpfte Gottlieb Rohrmoser, ging schnell zu seinem Einspänner, stieg auf, ließ das Pferd wenden und trieb es mit der Peitsche an.

Jakob war in den Wald gelaufen, der nicht weit hinter dem Hof begann, damit ihm Gottlieb Rohrmoser mit dem Einspänner nicht folgen konnte. Er hörte ihn noch einige Zeit fluchen und schimpfen.

„Ich muss Kilian finden!", murmelte Jakob immer wieder vor sich hin und hetzte weiter, ohne zu wissen wohin und wo er seinen Bruder suchen sollte.

„Kilian!", rief er. Zuerst noch leise, damit ihn der Rohrmoser nicht hörte. Dann immer lauter: „Kilian! Kilian, wo bist du?" Doch er erhielt keine Antwort.

Nach einiger Zeit blieb er keuchend stehen. Er hatte keine Ahnung, wo er war, in welcher Richtung Berg und in welcher der Hof seines Bauern lag.

„Kilian", sagte er, sank zusammen, kauerte am Boden und weinte.

„Jakob!"

Jakob hob den Kopf. Hatte da nicht jemand seinen Namen gerufen? Er lauschte und rief dann: „Kilian!"

„Jakob! Wo bist du?"

Das war nicht Kilians Stimme, das war die Stimme des Bauern. Jakob stand auf. Er wusste nicht, was er tun sollte.

„Jakob!" Die Stimme kam näher.

Er drehte sich um, lief ein paar Schritte, blieb stehen und ging langsam in die Richtung, aus der die Rufe des Bauern gekommen waren. „Hier bin ich!"

„Komm raus, der Rohrmoser ist weg!"

Jakob ging zwischen den Bäumen hindurch und sah den Bauern bei seinem Pferd stehen. Mit Tränen in den Augen trat er neben ihn. „Ich muss Kilian finden", murmelte er. „Sonst …" Jakob stockte.

„Wenn du einfach allein losrennst, verirrst du dich auch noch", erwiderte der Bauer. „Du kennst dich doch hier nicht aus."

„Aber ich muss …"

„Wir suchen deinen Bruder", unterbrach ihn der Bauer, packte Jakob an den Hüften und hob ihn aufs Pferd.

Jakob war überrascht. Noch nie hatte er auf einem Pferd

gesessen und hatte es sich nicht so hoch vorgestellt. Krampfhaft hielt er sich an der Mähne fest.

Dann schwang sich der Bauer hinter Jakob in den Sattel. „Wir reiten jetzt ein Stück in Richtung Berg“, sagte er. „Was meinst du, läuft dein Bruder durch den Wald, wenn er zu dir will?“

Jakob überlegte und schüttelte den Kopf. „Allein traut er sich das bestimmt nicht.“

„Hm“, machte der Bauer. „Hast du ihm den Weg zu uns denn mal gezeigt?“

Jakob nickte.

„Die Frage ist nur, ob er im Dunkeln überhaupt unsere Richtung gefunden hat“, murmelte der Bauer. „Wenn nicht, können wir ihn lange suchen.“

„Wir … äh … ich muss ihn so lange suchen, bis ich ihn finde“, sagte Jakob. Er formte die Hände zu einem Trichter und rief den Namen seines Bruders nach links und rechts. So machte er es in kurzen Abständen bis zu den ersten Häusern von Berg.

Der Bauer kratzte sich am Kopf. „Jetzt ist guter Rat teuer. Und bald dämmert es.“

„Kilian!“, schrie Jakob seine Verzweiflung hinaus.

Das Pferd warf den Kopf zurück und wieherte.

Der Bauer zog kurz am Zügel und sagte zu Jakob: „Du kennst doch den Weg zum Hof vom Rohrmoser. Dorthin reiten wir jetzt.“

Als sie den Hof erreichten, zerrte der Schäferhund an seiner Kette und bellte wie wild.

„Wenn der Hund nachts draußen ist, ist dein Bruder wohl kaum vorne aus dem Haus gegangen, sondern irgendwo hintenhinaus“, vermutete der Bauer.

„Und dann ist er bestimmt losgerannt, einfach geradeaus“, führte Jakob den Gedanken weiter.

„Das glaub ich auch“, sagte der Bauer. „Deswegen reiten wir jetzt in diese Richtung.“

Immer wieder rief Jakob den Namen seines Bruders, erhielt jedoch keine Antwort.

„Es wird dunkel“, sagte der Bauer schließlich. „Wir müssen umkehren und zurück nach Hause.“

„Nein, bitte noch nicht!“

„Sei vernünftig, Jakob! Wir sind ohnehin spät dran.“ Der Bauer ließ das Pferd wenden.

Jakob schrie noch einmal aus vollem Hals „Kiliaaaan!!!“ durch seine Trichterhände. Sekunden später sah er, wie sich in einiger Entfernung etwas bewegte. „Da!“, rief er.

Der Bauer schaute in die gezeigte Richtung.

Das Etwas kam näher und winkte.

„Kilian“, sagte Jakob, zuerst noch unsicher. „Das ist Kilian!“

Der Bauer drückte die Fersen gegen den Bauch des Pferdes, das sofort antrabte. Wenig später stand Kilian mit schmutzigem, verheultem Gesicht und zerzausten Haaren vor ihnen. Der Bauer stieg vom Pferd und hob Jakob herunter. Kilian warf sich seinem Bruder in die Arme und schluchzte. Zwischendurch nuschelte er etwas. Aus den einzelnen, anfangs unverständlichen Worten wurde der Satz: „Ich will mit dir gehen!“

Jakob schaute zum Bauern hoch.

„Warum bist du weggelaufen?“, wollte der von Kilian wissen. „Hat der Rohrmoser dich geschlagen?“

Kilian nickte.

„Wie? Mit der Hand oder mit einem Stock?“

Kilian zögerte.

„Lüg mich nicht an!“

„Watschen mit der Hand“, schniefte er.

„Kriegst du genug zu essen?“

„Doch. Aber ich will trotzdem mit Jakob gehen.“

Der Bauer schüttelte den Kopf. „Du gehörst auf den Hof vom Rohrmoser.“

„Dann lauf ich gleich wieder weg“, brachte Kilian zwischen Schluchzern heraus.

„Das würde alles nur noch schlimmer machen“, sagte der Bauer.

Jakob wollte seinen Bruder verteidigen. „Der Rohrmoser …“

„… hat deinen Bruder auf dem Markt ausgesucht und bezahlt für ihn“, fiel der Bauer Jakob ins Wort. „Deswegen muss Kilian beim Rohrmoser seine Arbeit machen.“

„Aber …“

„Kein Aber!“, sagte der Bauer trotz der bittenden Blicke der beiden Buben. „Ich kann Kilian nicht mitnehmen, sonst würde ich Ärger bekommen.“ Er hob den Ausreißer aufs Pferd, stieg selbst auf und zog anschließend auch Jakob hoch.

„Erst mal ist wichtig, dass wir deinen Bruder gefunden haben, bevor es dunkel wird, und dass ihm nichts passiert ist“, sagte der Bauer über die Schulter. „Und wenn er nicht mehr wegläuft und seine Arbeit ordentlich macht, wird er bestimmt auch anständig behandelt." Das war für Kilians Ohren bestimmt.

Auf dem Rohrmoser-Hof empfing sie der bellende Schäferhund. Der Einspänner stand ohne Pferd vor dem Haus, aus dem jetzt der Rohrmoser trat.

„Da ist ja der Saukerl!", rief er. Mit ein paar schnellen Schritten kam er näher, zerrte Kilian vom Pferd und gab ihm links und rechts eine kräftige Watschen.

Jakob zuckte zusammen und verzog das Gesicht, als hätte er sie bekommen.

Der Rohrmoser stieß Kilian in den Rücken, dass er vorwärtsstolperte. „Marsch, hinein mit dir!" Dann wandte er sich an Konrad Hartmann: „Dank dir, dass du ihn zurückgebracht hast."

„Er ist halt noch recht jung …"

„So schlecht hat er es bei mir nicht, dass er weglaufen muss."

„Das hab ich auch nicht behauptet."

„Dann ist es ja gut", brummte der Rohrmoser, grüßte kurz und ging ins Haus.

Auf dem Weg nach Staig sagte der Bauer: „Ich hoffe, dein Bruder ist vernünftig und läuft nicht mehr weg."

Jakob schwieg. Insgeheim hatte er gehofft, der Bauer würde Kilian mitnehmen. Es tat weh, seinen Bruder auf dem Hof zurückzulassen, wo er so unglücklich war.

Bis zum Sonntag tauchte Gottlieb Rohrmoser nicht in Staig auf, und Jakob ging davon aus, dass Kilian nicht mehr weggelaufen war. Das beruhigte ihn ein wenig, aber es konnte auch bedeuten, dass der Rohrmoser Kilian einsperrte. Deswegen wünschte Jakob das Ende der Christenlehre sehnlichst herbei. Er machte sich sofort auf den Weg nach Berg und fand seinen Bruder wie an den Sonntagen zuvor beim Gänse- und Entenhüten.

Kilian begrüßte ihn nicht so freudig wie sonst. Jakob war verunsichert. Er wusste nicht recht, was er sagen sollte, setzte sich neben seinen Bruder und streifte die Schuhe ab. „Hier, zieh sie an."

Schweigend schlüpfte Kilian in die Schuhe.

„Was ist los?", fragte Jakob.

„Nichts."

Jakob schaute ihn von der Seite an. Kilian blickte stur geradeaus.

„Hat der …" Jakob stockte. Er wusste nicht, ob er fragen sollte, was er fragen wollte, und tat es schließlich doch: „Hat der Rohrmoser dich geschlagen? Ich meine richtig fest, mit einem Stock?", fügte er leise hinzu.

Kilian schüttelte den Kopf. „Nur Watschen."

„Und sonst?"

„Was?"

„Ist sonst etwas anders, seit du weggelaufen bist?"

Wieder schüttelte Kilian den Kopf.

Jetzt verstand Jakob gar nichts mehr. „Und warum redest du dann nicht mit mir?"

Kilian antwortete nicht.

Einige Zeit saßen sie schweigend nebeneinander. Dann griff Kilian nach seinem Stock, stand auf und trieb zwei Gänse, die sich entfernt hatten, wieder zu den anderen.

Jakob hielt es nicht mehr aus, sprang auf, packte seinen Bruder an den Schultern und schüttelte ihn. „Ich kann doch nichts dafür, dass du hierbleiben musst! Glaubst du, mir wäre es nicht lieber, wir wären zusammen? Aber dich hat nun mal der Rohrmoser gekauft und mich der Hartmann. Und ich kann meinem Bauern nicht befehlen, dass er dich mitnehmen soll. Kapierst du das nicht?“ So plötzlich, wie er Kilian gepackt hatte, ließ er ihn wieder los, als sei er über seine heftige Reaktion erschrocken.

Kilian schwieg immer noch. Er setzte sich ins Gras und drehte den Stock in seinen Händen.

„Wenn du nicht mit mir reden willst, kann ich ja wieder gehen“, sagte Jakob.

„Nein, bleib noch hier.“

Jakob zögerte, setzte sich dann aber doch neben seinen Bruder. Beide schauten den Gänsen und Enten zu, als gäbe es da etwas Interessantes zu sehen.

„Du läufst nicht mehr weg.“ So wie Jakob das sagte, konnte es eine Frage oder ein Wunsch sein.

„Wohin denn?“

Jakob hilft Anna

Die Tage und Wochen vergingen mit Arbeit, der Frühling verblühte, auf den Wiesen wuchs das Gras, auf den Äckern das Getreide und an den Bäumen das Obst. Der Sommer kündigte sich an.

Eines Abends im Juni hatte Jakob gerade das Federvieh ins Hühnerhaus getrieben, da rief ihn der Bauer zu sich. „Lauf noch schnell zum Huber-Bauer und hol die Sense, die er sich letzte Woche von mir geborgt hat. Wir müssen morgen das Gras mähen."

Jakob war zwar müde von dem langen Arbeitstag, aber über diesen Auftrag freute er sich trotzdem, denn er hoffte, Anna zu sehen und noch ein wenig mit ihr reden zu können.

Er zog seine klobigen Arbeitsschuhe aus und lief barfuß den leicht abschüssigen Weg hinunter. Weil die Stalltür offen stand, schaute er zuerst dort hinein, fand aber niemanden. Er ging über den Hof und wollte gerade die Haustür öffnen, da hörte er Stimmen hinter sich.

„Nein, nicht, lass mich!"

„Ich tu dir doch nichts Schlimmes."

„Ich will das nicht!"

Das war Anna! Jakob folgte den Stimmen zu einer großen Scheune. Er spähte durch das angelehnte Tor ins Halbdunkel und sah, wie der Huber-Bauer mit einer Hand Anna festhielt.

„Ich will das nicht!", wiederholte sie laut und versuchte, sich loszureißen, hatte aber gegen den starken Mann keine Chance. Er drückte sie an sich und versuchte sie zu küssen.

Einen Augenblick lang war Jakob wie benommen. Dann hatte er nur noch einen Gedanken: Ich muss Anna helfen! Er blickte sich suchend um, sah eine Heugabel an der Wand lehnen und ergriff sie. Dann pirschte er sich vorsichtig näher und schlug sie dem Huber über den Schädel.

Der Huber-Bauer schrie auf, ließ von Anna ab und fasste sich an den Hinterkopf, von dem schon das Blut rann. Er schaute seine blutverschmierte Hand an, als könne er nicht glauben, was er sah. Langsam hob er den Kopf, blickte Jakob ins Gesicht und murmelte: „Dich schlag ich tot!“ Er richtete sich auf und wiederholte lauter: „Dich schlag ich tot, du Sauhund!“

Jakob stand mit der Heugabel in den Händen wie erstarrt da.

Aber Anna drückte sich geistesgegenwärtig am Huber vorbei, packte Jakob am Arm und rief: „Lauf!“

Da ließ Jakob die Heugabel fallen, machte kehrt und rannte mit Anna über den Hof. Als er zurückschaute, sah er, dass der Huber ihnen nicht folgte. Trotzdem liefen sie noch ein Stück weiter, dann blieben sie heftig atmend stehen. Anna senkte den Blick; Jakob hätte sie am liebsten in den Arm genommen.

„Zum Huber kannst du nimmer“, murmelte er.

Anna schüttelte den Kopf und sagte gleichzeitig: „Aber ich muss.“

„Komm mit mir!“

„Das geht nicht.“

„Warum nicht?“

„Weil der Huber mich bestimmt bei dir sucht.“

Jakob überlegte fieberhaft. „Ich versteck dich; auf dem Dachboden findet er dich nicht.“

„Das geht nicht“, sagte Anna wieder. „Ich kann mich nicht bis November auf dem Dachboden verstecken.“

„Ich besorg dir Decken und bring dir was zum Essen“, entgegnete Jakob. „Bei uns gibt’s genug.“

Plötzlich kamen Anna die Tränen. Sie schlug die Hände vors Gesicht und schluchzte.

Jakob spürte eine dumpfe Wärme im Bauch, wollte Anna gern helfen, wusste aber nicht wie. Er stellte sich schließlich neben sie, hob den Arm, zögerte und legte ihn behutsam um ihre Schultern.

Während sie so dastanden, kam Jakob der Satz in den Sinn, den Anna gesagt hatte, kurz nachdem sie von zu Hause aufgebrochen waren: „Im Schwabenland ist es besser als daheim.“

Das ist nicht wahr! Auch wenn wir zehnmal so viel zu essen kriegen, ist es hier viel schlimmer als daheim, dachte er.

„Zu dem darfst du nimmer“, wiederholte er nach einer Weile so leise, dass es kaum zu hören war.

Diesmal erwiderte Anna nichts. Sie schaute Jakob aus verweinten Augen an.

Er nahm den Arm von ihren Schultern, griff nach ihrer linken Hand und führte Anna zum Hartmann-Hof.

„Wir müssen durch den Garten und von hinten durch den Stall ins Haus“, sagte er.

Doch die Stalltür war von innen verriegelt. Jakob überlegte kurz und flüsterte: „Warte hier!“ Er schlich davon und schaffte es, unbemerkt in den Stall zu gelangen. Ein paar Kühe muhten.

„Gschsch!“, zischte Jakob, schob die Riegel zurück, öffnete die Tür zum Garten, zog Anna herein und verriegelte die Tür wieder. Dann schlich er mit Anna durch den Stall und den kleinen Raum zur Treppe, die nach oben führte.

„Jakob!“

Er zuckte zusammen. Bevor er etwas sagen oder tun konnte, wurden er und Anna im Genick gepackt.

„Wer ist das?“

„Äh ... das ... das ist Anna.“

„Was für eine Anna?“

„Sie ist ... sie war ...“

„Erzähl das dem Bauern!“, sagte Trude und schob die beiden unsanft in die Stube, wo die anderen beim Vesper saßen.

„Was ist los?“, fragte der Bauer. „Was ist das für ein Mädchen?“

„Ich hab die zwei erwischt, als sie gerade nach oben zu den Kammern wollten“, antwortete Trude.

„Was?“ Die Ahne war fassungslos. „Das ist ja ...“

„Jakob“, sagte der Bauer, „ich hab dich zum Huber geschickt, um eine Sense zu holen. Hast du sie geholt?“

Er schüttelte den Kopf.

„Und warum nicht?“

„Weil ... ich ...“ Er schielte zu Anna, die den Kopf gesenkt hatte.

„Lass die zwei mal los!“, sagte der Bauer zu Trude, die Jakob und Anna noch immer festhielt.

„Also, was war los?“, fragte der Bauer.

Jakob wusste nicht, wie er es sagen sollte, druckste herum und stammelte mit rotem Kopf: „Der Huber … er hat … Anna … in der Scheune angefasst.“

„Dieser Mistkerl!“, entfuhr es Trude.

Die Ahne zog Bärbel hinter dem Tisch hervor und verließ mit ihr die Stube.

„Und was hast du getan?“, fragte der Bauer.

„Ich hab ihm mit einer Heugabel auf den Kopf geschlagen“, antwortete Jakob. „Dann hat er Anna losgelassen und wir sind weggelaufen.“

„Hm“, machte der Bauer. „Und jetzt wolltest du sie hier verstecken.“

Jakob nickte.

Der Bauer rieb sich nachdenklich das Kinn. „Das ist eine böse Geschichte. Heute Nacht bleibt sie erst mal hier. Du nimmst sie mit in deine Kammer“, sagte er zu Trude. „Und morgen sehen wir dann weiter.“

Als Jakob im Bett lag, konnte er wieder einmal nicht einschlafen. Zu viele Gedanken wirbelten durch seinen Kopf.

Er hatte schon lange nicht mehr gebetet. Doch nun faltete er die Hände und murmelte tonlos: „Lieber Gott, mach, dass der Bauer die Anna nicht zum Huber zurückschickt. Mach, dass sie hier auf dem Hof bleibt.“

Obwohl er Zweifel hatte, dass Gott ihn hörte, wiederholte er die stillen Worte immer wieder.

„Du magst die Anna“, sagte Alfons leise.

Jakob, der sich hin und her gewälzt hatte, blieb regungslos liegen und starrte in die Dunkelheit.

„Ich find’s gut, dass du ihr geholfen hast“, redete Alfons weiter. „Und ich bin sicher, der Bauer wird sie nicht zum Huber zurückschicken.“

Jakob hob den Kopf und schaute zu Alfons hinüber, konnte ihn jedoch nicht sehen. „Meinst du?“

„Ja. Unser Bauer ist schon recht.“

„Meinst du, sie darf hier auf dem Hof bleiben?“

„Das weiß ich nicht“, antwortete Alfons. „Für die Anna wär’s wahrscheinlich besser, wenn sie in ein anderes Dorf käme. Dann würde sie dem Huber nicht mehr über den Weg laufen.“

Das wollte Jakob ihr auch gern ersparen. Andererseits hätte er sich sehr gefreut, wenn sie auf dem Hof bleiben könnte.

Alfons gähnte und murmelte: „Wir zwei können das sowieso nicht entscheiden. Deswegen sollten wir versuchen, noch ein paar Stunden zu schlafen. Die Nacht ist ohnehin viel zu kurz.“

Fragen über Fragen

Am nächsten Morgen ging der Bauer mit Alfons schon vor vier zur Wiese im Winkel, um das Gras zu mähen, solange es noch taufeucht war. Die Ahne und Trude molken die Kühe, Jakob und Anna misteten den Stall aus. Obwohl Anna etwas größer war als Jakob, schob er die Schubkarre zum Misthaufen, um ihr die schwerste Arbeit abzunehmen.

Während er die Karre zum Ausgang bugsierte, fiel sein Blick auf eine Ratte, die auf dem Rand der Futterkrippe saß und pfiff, als wolle sie sagen: Ich will auch etwas zu fressen!

„Verschwinde, du verdammtes Biest!“, rief Trude und schlug mit der flachen Hand gegen den Melkeimer.

Die Kuh erschrak und muhte laut, die Ratte huschte davon und dicht vor Jakob zur Tür hinaus. Er blieb wie angewurzelt stehen. Seit Hermann ihm die tote Ratte aufs Kopfkissen gelegt hatte, ekelte er sich vor ihnen.

Als die Kühe gemolken und die Stallarbeit getan war, zog Trude den Handwagen mit den Milchkannen drauf wie jeden Morgen zur Molkerei. Anna half der Ahne beim Vorbereiten des Frühstücks. Jakob fütterte die Schweine, ließ das Federvieh in den Garten und sammelte die Eier ein. Bärbel, die inzwischen aufgestanden war, wollte beim Eiereinsammeln mithelfen. Ein Ei warf sie von einer Hand in die andere.

„Guck mal!“, sagte sie und warf es hoch in die Luft.

„Du sollst …“

Da griff Bärbel daneben, das Ei klatschte auf den Boden und zerbrach. Bärbel guckte erschrocken.

Jakob schaute sich um. „Niemand hat's gesehen", sagte er, stellte den Korb ab, rupfte schnell ein paar Büschel Gras aus und warf sie auf das Ei. „Und jetzt sieht's auch niemand mehr."

Bärbel lächelte erleichtert. „Wir haben ja noch viele Eier", sagte sie. „Da merkt die Ahne nicht, dass eins kaputtgegangen ist."

Jakob schüttelte den Kopf. „Bestimmt nicht."

Sie brachten der Ahne die Eier, setzten sich zum Frühstück an den Tisch und zwinkerten sich verschwörerisch zu.

„Jakob, du treibst nachher das Vieh auf die Hangwiesen", sagte die Ahne. „Aber nur bis zum Mittag. Dann kommst du zurück. Wir müssen das Heu wenden."

„Darf ich mit Jakob die Kühe hüten?", fragte Bärbel sofort.

„Nein", antwortete die Ahne. „Du hilfst Anna, das Unkraut im Gemüsegarten zu jäten."

Das kleine Mädchen schmollte.

Nach dem Frühstück führte Jakob die Kühe wie gewohnt zu den Hangwiesen, die inzwischen von getrockneten Kuhfladen übersät waren. Er suchte sich ein sauberes Plätzchen und setzte sich ins Gras. Während er so dasaß und an Anna dachte, hörte er hinter sich ein Geräusch. Er drehte den Kopf und erkannte den Huber-Bauer. Bevor Jakob aufspringen und davonrennen konnte, packte der ihn am rechten Arm. „Du schlägst mich nicht mehr, du verdammter Krüppel!" Schon landete seine Pranke in Jakobs Gesicht.

„Hör auf oder ich sag's dem Bauern!", rief Jakob.

„Du willst mir drohen, du Sautiroler, du!", brüllte der Huber. „Du sagst keinem etwas, dich schlag ich tot!" Wie von Sinnen prügelte er auf Jakob ein. Der hielt den linken Arm schützend über den Kopf, doch die gewaltigen Schläge des kräftigen Bauern konnte er nicht abwehren. In Todesangst biss er in die Hand, die seinen Arm festhielt.

„Au!", schrie der Huber und ließ ihn los. „Du verdammter Sauhund!"

Jakob duckte sich blitzschnell weg und rannte davon. Der Huber verfolgte ihn ein Stück, blieb aber bald keuchend stehen. Jakob lief bis zum Hartmann-Hof. Erst dort fühlte er sich in Sicherheit.

„Warum kommst du schon?", fragte die Ahne verwundert. „Und wo sind die Kühe? Ist etwas passiert?"

Jakob war völlig außer Atem und konnte noch nicht antworten. Die Ahne, Bärbel und Anna schauten ihn gespannt an.

„Der Huber … ist gekommen … und wollte mich … totschlagen", stammelte Jakob schließlich.

Anna wurde kreidebleich.

Bärbel riss Mund und Augen auf und murmelte: „Das darf er nicht!"

Die Ahne schüttelte den Kopf. „Der ist wirklich ein …" Sie bremste sich und schluckte die Worte, die ihr schon auf der Zunge lagen, hinunter. Stattdessen fragte sie: „Und die Kühe sind noch draußen?"

Jakob nickte.

Die Ahne drehte sich um, ging hinaus, kam wenig später mit Trude zurück und schickte sie mit Jakob zu den Hangwiesen, um die Kühe zu holen.

„Der Huber ist böse", sagte Bärbel. „Er darf Jakob nichts tun."

„Wenn Trude dabei ist, tut er ihm nichts", versuchte die Ahne, ihre Enkelin zu beruhigen.

Anna stand immer noch unbeweglich da.

„Komm", sagte die Ahne, um sie auf andere Gedanken zu bringen. „Hilf mir beim Kartoffelschälen."

Auf dem Weg zu den Hangwiesen huschten Jakobs Augen nervös umher. Er rechnete jeden Moment damit, dass der Huber plötzlich auftauchte.

„Brauchst keine Angst zu haben", sagte Trude. „Der traut sich nicht. Und wenn …" Sie hob drohend ihren Stock. „… dann kriegt er den zu spüren!"

Trude behielt Recht. Der Huber ließ sich tatsächlich nicht blicken.

Die Kühe waren in der Zwischenzeit zum Grasen weit auseinandergelaufen, Trude und Jakob mussten sie suchen.

„He, du!", rief da ein Mann, den Jakob nicht kannte. Rechts und links von ihm stand je eine Hartmann-Kuh. „Die Kühe grasen auf meiner Wiese!"

„Ich … ich bin … ich habe …", stammelte Jakob.

„Wer stottert, lügt!", rief der Bauer. „Ihr Tiroler seid zu dumm zum Kühehüten!"

Jakob lief zu den beiden Kühen und trieb sie mit kräftigen Stockhieben zurück auf die Hartmann-Wiese.

„Pass gefälligst besser auf, sonst nehme ich die Kühe nächstes Mal mit! Hast du mich verstanden?!", rief der fremde Bauer ihm hinterher.

Jakob hätte ihm am liebsten auch ein paar Hiebe verpasst.

Als sie alle Kühe wieder beisammenhatten, führten Trude und Jakob sie in den Stall.

„Der weiß überhaupt nicht, was passiert ist, aber er behauptet einfach, wir Tiroler seien zu dumm zum Kühehüten", empörte sich Jakob.

„So ein Geschwätz darfst du nicht ernst nehmen", sagte Trude und zeigte auf ihre Ohren. „Das geht bei mir da rein und da wieder raus."

„Aber bei mir nicht", erwiderte Jakob. „Nur weil wir arm sind, sind wir nicht dumm."

„Das behauptet auch keiner."

„Doch, der Bauer hat das gerade behauptet." Jakob ließ sich nicht mehr bremsen. „Und der Huber denkt, nur weil wir aus Tirol kommen, kann er mit uns machen, was er will. Und der Hermann war auch nicht besser, obwohl er ein Knecht ist. Wir sind doch nicht schuld, dass wir zu euch kommen müssen. Warum sind wir so arm und ihr so reich? Das ist doch nicht richtig."

„Ich bin nicht reich, ich bin so arm wie ihr", antwortete Trude. „Mir gehört nichts. Ich muss jeden Tag arbeiten, dass ich zu essen und ein bisschen Lohn bekomme."

„Und warum ist das so, dass die einen reich sind und die andern arm?“

„Das war schon immer so, und das wird immer so sein“, antwortete Trude.

„Aber das ist …“

„Gib Ruhe! Ich will nichts mehr davon hören!“

Jakob schwieg. Doch in seinem Kopf wirbelten noch mehr Fragen herum. Er musste an das denken, was Alfons ihm gesagt hatte. Ihn wollte er fragen, denn er war sicher, dass Alfons ihm andere Antworten geben konnte als Trude.

Als alle zum Mittagessen um den Tisch saßen, erzählte Bärbel ihrem Vater aufgeregt, was Jakob am Morgen erlebt hatte, und schloss mit dem Satz: „Gell, Vater, der Huber darf Jakob nicht totschlagen?“

„Natürlich nicht“, sagte der Bauer. „Ich red noch heut ein ernstes Wort mit ihm.“

Nach dem Essen blieb Anna bei der Ahne im Haus. Alfons, Trude, Jakob und Bärbel gingen mit Heugabeln zur Wiese im Winkel, wendeten das gemähte Gras und schüttelten es auf, dass es locker lag und gut dörren konnte.

Für Jakob war der Gabelstiel etwas lang. Deshalb konnte er dem Tempo von Alfons und Trude nicht folgen, egal wie sehr er sich anstrengte.

Bärbel hatte eine Gabel mit einem kurzen Stiel. Eine wirkliche Hilfe war sie damit nicht; manchmal behinderte sie die andern eher bei der Arbeit. Aber niemand schimpfte, weil sie es mit ihren sechs Jahren noch nicht besser konnte.

„Wir machen langsamer als die zwei Großen", sagte Bärbel zu Jakob. „Wir sind ja noch klein."

Er schaute sie an. „Ich darf nicht so langsam machen wie du."

„Warum nicht?"

„Weil … weil …" Weil du die Tochter des Bauern bist und ich nur ein Hütebub, hätte er beinahe gesagt. „Weil die zwei mich sonst schimpfen", sagte er schließlich.

„Das dürfen sie nicht."

Mich darf hier jeder schimpfen, dachte Jakob. Und Sekunden später sollte er schon Recht bekommen.

„He, Jakob, mach voran!", rief Trude.

„Siehst du", sagte er zu Bärbel und legte einen Zahn zu.

Gegen vier waren sie mit der Arbeit fertig.

„Es sieht nicht nach Regen aus", stellte Alfons fest. „Der Bauer hat gesagt, dann brauchen wir das Heu nicht zusammenrechen."

Trude nickte. „Wenn wir keine Schwaden und Schochen machen müssen, spart uns das viel Arbeit."

Auf dem Heimweg nahm Bärbel Jakobs freie Hand. Im ersten Moment wollte er sie ihr wieder entziehen, tat es dann aber doch nicht. Sie schaute zu ihm hoch und lächelte ihn an.

Beim Abendbrot sagte der Bauer zu Anna: „Ich war vorhin beim Huber. Du brauchst nicht mehr zu ihm, das hab ich mit ihm geregelt."

Jakob fiel ein Stein vom Herzen und er lächelte Anna erleichtert zu.

„Bleibt die Anna jetzt bei uns?“, fragte Bärbel.

Ihr Vater schüttelte den Kopf.

„Warum nicht?“

„Das verstehst du noch nicht“, sagte die Ahne. „Und nun sei still und iss dein Brot!“

Der Bauer wandte sich wieder an Anna: „Das wäre nicht gut, nicht nur für dich, auch nicht fürs Dorf. Das gäbe nur Gerede. Ich hab zum Huber gesagt, noch weiß niemand außer uns, was vorgefallen ist. Aber wenn er dich und Jakob nicht in Ruhe lässt, erfährt es das ganze Dorf. Das hat er kapiert. Also zu niemandem ein Wort, damit er Ruhe gibt! Habt ihr mich verstanden?“

Alle nickten, auch Bärbel.

„Ich hab einen Vetter in Weingarten“, sagte der Bauer. „Den frag ich noch heute, ob er einen Platz für dich hat. Morgen müssen wir die andere Wiese mähen und das Heu von heute einfahren. Da hab ich keine Zeit für so was. Du kommst am besten gleich mit.“

Anna wäre zwar lieber dageblieben, sagte aber trotzdem: „Vergelt's Gott!“

Als Jakob und Alfons später in den Betten lagen, fragte Jakob: „Du, Fonsi, warum gibt es Arme und Reiche?“

„Hä?“, brummte Alfons, der schon halb geschlafen hatte.

„Warum es Arme und Reiche gibt, möcht ich wissen.“

„Das erzähl ich dir gern mal", murmelte Alfons. „Aber nicht jetzt. Ich bin seit halb vier auf den Beinen und morgen muss ich wieder in aller Herrgottsfrühe raus. Also lass mich schlafen!"

„Aber ich …"

„Und du schlaf auch!"

Jakob schwieg und hörte Trude sagen: Das war schon immer so, und das wird immer so sein.

Und wer entscheidet, ob jemand reich oder arm ist?, fragte er sich. Gott? Oder der Kaiser? Was hatte er denen getan, dass er zu den Armen gehörte? Warum hatten seine Eltern keinen Hof wie der Bauer und der Huber und der Rohrmoser und die anderen reichen Bauern? Oder wenigstens einen kleineren wie der Leitner-Bauer in Galtür? Dem seine Kinder mussten nicht ins Schwabenland, die durften daheimbleiben. Jakobs Vater arbeitete den ganzen Tag und seine Mutter auch, und trotzdem reichte es nicht für alle. Was konnte er tun, dass er nicht sein Leben lang arm blieb? Konnte er überhaupt etwas tun?

Von Alfons erhoffte er sich Antworten auf diese Fragen. Doch heute würde er keine erhalten; aus dem anderen Bett hörte er leises Schnarchen. Und auch Jakob schlummerte in die Dunkelheit hinüber.

Heuernte

Auch am nächsten Morgen waren der Bauer und Alfons schon zum Mähen draußen, als Jakob um halb fünf von Trude geweckt wurde. Es dauerte eine Weile, bis er einigermaßen wach war und in den Stall schlurfte.

„Ist Anna … gestern beim … äh, in Weingarten geblieben?", fragte er gähnend.

„Ja", antwortete Trude knapp.

„Kennst du …?"

„Jetzt red nicht, fang mit Ausmisten an!"

Das tat er. Die Ahne kam auch in den Stall, nahm Eimer und Melkschemel, setzte sich wortlos neben eine Kuh und molk sie.

Als die Frauen mit Melken fertig waren, sagte die Ahne: „Die Kühe bleiben heute im Stall. Trude, hilf du Jakob noch beim Einstreuen. Ich richte die Milch zum Wegbringen her."

Nachdem alle morgendlichen Arbeiten erledigt waren, wur de gefrühstückt. Danach gingen die Ahne, Trude, Jakob und Bärbel mit Heugabeln zur Wiese im Winkel, um das Heu erneut zu wenden und aufzuschütteln.

Zum Mittagessen gab es Eintopf, den die Ahne schon am Vortag vorbereitet hatte und nur noch aufwärmen musste. Nach dem Essen spannten der Bauer und Alfons die Pferde vor den Leiterwagen, legten Gabeln und Rechen und ein langes Seil drauf. Trude brachte einen Korb mit Getränken. Dann stiegen alle auf den Wagen. Zum Schluss hob der Bauer noch Bärbel hinauf, setzte sich vorn auf das Querholz, nahm die Zügel, vergewisserte sich, dass auch alle saßen, und rief: „Hü!“

Bärbel saß neben Jakob. Dem fielen schon bald die Augen zu, obwohl er auf dem Wagen durchgeschüttelt wurde und es alles andere als bequem war.

„Du sollst nicht schlafen!“, sagte Bärbel und stupste ihn in die Seite.

Jakob hob die Augenlider ein wenig, doch gleich schlossen sie sich wieder.

„Jakob!“

„Lass ihn!“, sagte die Ahne.

Auch Alfons und Trude dösten.

Der Bauer lenkte die Pferde die Anhöhe hinauf zu der großen Wiese, auf der er und Alfons am Morgen das Gras gemäht hatten. Dort stiegen alle ab, nahmen eine Heugabel, wendeten das geschnittene Gras und schüttelten es auf, damit es gut trocknen konnte. Weil die Sonne inzwischen vom Himmel brannte, kamen sie kräftig ins Schwitzen.

Zwischendurch tranken alle in großen Zügen von den mitgebrachten Getränken, um den Durst zu löschen.

Plötzlich kreischte Bärbel, weil zwei Bremsen sie verfolgten. Sie lief zu ihrem Vater, der die Bremsen wegscheuchte.

„Warum sind hier so viele Bremsen?“, fragte sie weinerlich.

„Die schwitzenden Gäule ziehen die Viecher an“, antwortete der Bauer.

„Stechen sie die Gäule?“

Er nickte.

„Das tut ihnen doch weh."

„Tja, das kann ich leider nicht verhindern", sagte ihr Vater schulterzuckend.

„Du musst die Bremsen wegjagen."

„Die lassen sich nicht wegjagen, die kommen immer wieder."

„Dann musst du …"

„Ich muss dich jetzt auf den Wagen setzen, damit wir weiterfahren können." Mit diesen Worten hob er Bärbel hinauf. „Wir haben nämlich noch viel Arbeit."

Während sie zur anderen Wiese zurückfuhren, dösten Jakob, Alfons und Trude wieder.

Dort angekommen nahmen sie die Rechen und zogen das Heu zu Schwaden zusammen. Dann lenkte der Bauer die Pferde zwischen zwei Heuschwaden und schickte Jakob an die Zügel. Er und Alfons nahmen Gabeln, schoben die Schwaden zusammen und warfen das Heu auf den Wagen, wo Trude es in Empfang nahm, verteilte und festtrat. Die Ahne zog den Rechen hinterher, damit möglichst wenig Halme auf der Wiese liegen blieben. Auch Bärbel hatte einen kleinen Rechen und half der Ahne, so gut sie konnte.

Jakob musste die Pferde jeweils eine Wagenlänge vorwärtsführen, wenn die Männer wieder einige Meter Schwaden aufgeladen hatten. Weil er direkt bei den Pferden stand, schwirrten viele Bremsen um ihn herum, und er konnte sich ihrer kaum erwehren. Obwohl er nach ihnen schlug, ließen sie sich nicht verscheuchen und stachen erbarmungslos zu. Bald juckte es ihn an vielen Stellen vom Kopf bis an die Füße. Manche Stiche juckten so sehr, dass Jakob sich blutig kratzte.

„Hü!", rief der Bauer, weil Jakob vor lauter Kratzen vergaß, die Pferde wieder ein Stück vorwärtszuführen. „Was ist los?"

„Die Bremsen stechen wie verrückt", verteidigte sich Jakob.

„Du musst dich eben wehren", sagte der Bauer. „Und jetzt vorwärts!"

Im gleichen Augenblick setzte sich eine Bremse auf Jakobs linke Backe und stach zu. Mit der flachen Hand schlug er nach ihr, dass es klatschte.

„Die hat gesessen", sagte der Bauer und musste schmunzeln.

Jakob brummte etwas vor sich hin, drehte sich um und ließ die Pferde den Wagen ein Stück weiterziehen.

Als etwa drei Viertel der Wiese abgeerntet war, rief Trude von oben herab: „Jetzt reicht's dann, sonst wird's zu hoch!"

„Wegen dem Rest fahren wir nicht noch mal raus", erwiderte der Bauer. „Den kriegen wir noch drauf. Du musst das Heu nur fester eintreten."

Die Ahne schüttelte den Kopf. „Ich meine aber auch …"

„Redet nicht", unterbrach der Bauer seine Mutter. „Los, weiter!"

Für die Männer wurde es immer anstrengender, das Heu hinaufzuwuchten. Trotzdem ließ der Bauer nicht locker.

„Ich habe Angst", sagte Trude. „Wenn der Wagen umfällt …"

„Ach was!", brummte der Bauer. „Mir ist noch nie ein Wagen umgefallen. Jetzt sind es ja nur noch ein paar Gabeln voll."

Als auch die oben waren, band Alfons ein Ende des Seils vorn am Wagen fest und warf das gerollte Seil zu Trude hoch. Erst beim dritten Versuch erwischte sie es, ging schwankend ein Stück nach hinten und ließ das andere Ende auf der Rückseite hinunter. Alfons und der Bauer zogen mit ganzer Kraft daran und banden es fest.

„So, jetzt kannst du herunterkommen, wenn du willst“, sagte der Bauer zu Trude. „Du kannst aber auch oben bleiben und dich ins Heu legen, bis wir daheim sind.“

„Ich bleibe keine Minute länger hier oben!“ Trude hielt sich am Seil fest, rutschte und kletterte mühsam hinab. Als Alfons sie erreichen konnte, packte er sie an den Hüften und wollte ihr helfen.

„Lass mich los!“, rief sie. „Ich schaff das allein!“

„Wenn du meinst“, sagte Alfons nur.

Der Bauer nahm Jakob die Zügel ab, wartete, bis Trude unten stand, und sagte: „Hü!“

Die Pferde zogen an. Am Ende der Wiese wollte der Bauer nach links auf den Weg einbiegen und rief: „Hüst!“ Dabei schwenkten die Pferde zu stark ein und der Wagen neigte sich bedenklich.

„Er fällt um!“, schrie Trude und machte zwei, drei Sätze zur Seite.

Geistesgegenwärtig hob Alfons die Gabel, stieß sie ins Heu und stemmte sich mit aller Kraft dagegen.

„Brrrr!“, rief der Bauer, ließ die Zügel fallen, riss der Ahne eine Gabel aus der Hand und tat es Alfons gleich. Doch sie konnten den übervoll geladenen Wagen nicht mehr halten. Er kippte immer weiter zur Seite.

„Weg!“, schrie der Bauer.

Jakob riss Bärbel im letzten Augenblick mit sich. Nur die Ahne war nicht flink genug und wurde unter dem herabstürzenden Heu begraben. Jakob stand wie erstarrt.

„Schnell! Wir müssen sie da rausholen!“, rief der Bauer, ging schon auf die Knie und zerrte Heubüschel heraus.

Alfons, Trude und Jakob halfen ihm; Bärbel stand weinend daneben.

„Ein Schuh!“, rief Trude plötzlich. „Da ist ein Schuh!“

Der Bauer drückte die Magd beiseite und riss wie ein Besessener Heu aus dem Haufen. Alfons ebenso. Die andern schauten atemlos zu.

Bald waren die Beine der Ahne zu sehen. Der Bauer packte sie und zog seine Mutter unter dem Heu hervor. Behutsam drehte er sie auf den Rücken. Ihr Gesicht war zerkratzt, an einigen Stellen blutete sie. Als Bärbel das sah, weinte sie noch mehr.

„Mutter“, sagte der Bauer und tätschelte ihre Backe. „Mutter, sag doch was!“

Alfons legte eine Hand an ihren Hals, schien einen Moment zu lauschen und sagte dann: „Der Puls ist da, sie lebt.“

„Gott sei Dank!“, murmelte der Bauer erleichtert.

„Sie blutet“, nuschelte Bärbel und zog die Nase hoch.

„Das sind nur ein paar Kratzer“, beruhigte ihr Vater sie. „Die sind nicht schlimm.“

„Und warum sagt sie nichts?“

„Sie ist nicht bei sich, weil sie zu wenig Luft bekommen hat“, antwortete er.

„Aber jetzt bekommt sie doch wieder Luft.“

„Ja, und gleich …“

Da schlug die Ahne die Augen auf. Sie sah ihren Sohn auf der einen Seite knien, Alfons auf der anderen. „Wie … was … was ist passiert?“ Sie hob den Kopf.

„Bleib noch ein bisschen liegen“, sagte der Bauer.

Sie blickte unsicher umher. „Ach ja, der Wagen ist umgefallen. Aber du wolltest ja nicht …“

„Schon gut“, unterbrach er sie. „Das ist jetzt nicht mehr zu ändern. Alfons und ich tragen dich ein Stück zur Seite …“

„Ich kann aufstehen und allein gehen“, erwiderte sie und ließ sich nicht zurückhalten.

„Gut, dann machen wir uns an die Arbeit“, sagte der Bauer.

Alfons, Trude und Jakob schafften einen Teil des Heus zur Seite. Der Bauer spannte die Pferde aus und band sie mit dem Seil an die rechte Seite des Wagens. Für die kräftigen Pferde war es ein Leichtes, den Wagen auf die Räder zu ziehen.

Sie luden das Heu wieder auf, aber nicht mehr alles.

Auf dem Hof lenkte der Bauer die Pferde in die Scheune. Alfons, Trude und Jakob stiegen die Leiter hoch bis auf den oberen Boden. Der Bauer kletterte auf den Wagen. Alfons ließ die vierzahnige Heuzange am Seil über eine Rolle, die unter dem Dachfirst angebracht war, hinab. Der Bauer schlug die Zangenzähne ins Heu, dann zog Alfons es nach oben, wo Trude die Zange öffnete. Sie und Jakob mussten das Heu auf dem

Boden verteilen und drauf herumstampfen, damit man möglichst viel unterbrachte. Es dauerte nicht lange, bis der Staub die Nasenlöcher verstopfte und in den Augen brannte. Bald wusste Jakob nicht mehr, was schlimmer war, die juckenden Bremsenstiche oder der Staub in Augen, Mund und Nase.

Als der Wagen leer war, gingen sie zum Brunnen, schütteten sich einige Handvoll Wasser ins Gesicht und tranken ein paar Schlucke. Das tat zwar gut, war Jakob aber noch zu wenig. Er lief zum Bach, stieg an einer flachen Stelle hinein und stand bis zu den Schenkeln im Wasser. Dann beugte er sich nach vorn, hielt die Luft an und steckte den Kopf hinein. Das war herrlich kühl! Und er trank von dem Wasser, bis er das Gefühl hatte, sein Bauch würde gleich platzen.

„Jakob!" Der Bauer rief nach ihm.

Jakob watete aus dem Wasser und lief zurück.

„Trink noch etwas, wir müssen wieder aufs Feld."

„Ich hab genug Wasser getrunken." Jakob konnte einen kräftigen Rülpser nicht unterdrücken.

„Hoppla!", sagte der Bauer lächelnd. „Na, dann steig auf!"

Alfons und Trude saßen schon auf dem Wagen. Nur die Ahne blieb diesmal mit Bärbel daheim.

Nachdem auch das restliche Heu von der Wiese im Winkel in der Scheune war, wartete die tägliche Stallarbeit. Dabei war Jakob so müde, dass er beinahe im Gehen einschlief. Und beim anschließenden Vesper fielen ihm die Augen einfach zu, während er ein Stück Brot kaute. Der Kopf sank langsam nach vorn, das Kauen hörte auf.

„Jakob“, sagte Bärbel und rüttelte ihn am Arm. „Nicht schlafen!“

Er fuhr hoch und kaute wieder, aber nicht lange.

„Geh ins Bett“, sagte der Bauer. „Ich glaube, du brauchst den Schlaf heute nötiger als ein Vesper.“

Jakob stand auf, murmelte „Gute Nacht“ und trottete hinaus. Oben ließ er sich aufs Bett fallen, ohne sich auszuziehen, und schlief augenblicklich ein.

Brüderlich geteilt

Das Wetter blieb schön und die Arbeit nahm kein Ende. Jakob war immer müde und zwei Sonntage nacheinander schaffte er es einfach nicht, zu seinem Bruder nach Berg zu gehen. Er hatte deswegen schon ein schlechtes Gewissen. Obwohl er sich auch am dritten Sonntag nach der Christenlehre lieber ins Bett gelegt hätte, machte er sich auf den Weg.

Auf halber Strecke hörte er hinter sich Pferdegetrappel, schaute sich um und sah einen Einspänner. Jakob hoffte, es sei der Bauer, der ihn schon einmal mitgenommen hatte, und blieb am Wegrand stehen. Doch als das Gefährt näher kam, durchfuhr Jakob ein Riesenschreck: Es war der Huber-Bauer!

Weglaufen!, war Jakobs erster Gedanke. Aber wohin? Die Wiesen links und rechts des Weges waren abgemäht und boten keinen Schutz, die nächste Baumgruppe war zu weit entfernt.

Schon hielt der Einspänner neben ihm.

„Ach, du bist das“, sagte der Huber. „Wo willst du denn hin?“

„Ich … ich …“

„Du willst bestimmt zur Anna, was?“

Jakob schüttelte den Kopf.

„Natürlich willst du zur Anna. Mir kannst du es ruhig sagen.“ Der Bauer lächelte. „Der Hartmann hat sie zu einem Bauern in Berg gebracht und jetzt willst du sie besuchen. Stimmt's?“

„Nein."

„Du brauchst keine Angst vor mir zu haben, ich tu dir nichts. Komm, steig auf, ich nehm dich mit."

Die Freundlichkeit des Huber-Bauern verwirrte Jakob. Er traute ihm nicht und rannte plötzlich los.

„Hü!", schrie der Huber wütend, trieb das Pferd mit der Peitsche an und verfolgte Jakob. Der schlug Haken wie ein Hase und erreichte schließlich ein Kornfeld. Dort warf er sich zwischen den hohen Halmen auf den Boden, dass er nicht mehr zu sehen war.

„Ich krieg auch ohne dich raus, wo sie steckt!", hörte er den Huber rufen. „Und dich erwische ich auch noch!"

Jakob wagte nicht, sich zu rühren. Nur sein Herz raste.

Der Bauer hat doch gesagt, der Huber werde uns nichts mehr tun!, überlegte Jakob verzweifelt. Aber der hält sein Wort nicht. Jakob musste daran denken, was der Pfarrer gesagt hatte: Alle Kinder seien Gottes Kinder und die Augen des Herrn ruhten auf allen. Deswegen sei es Christenpflicht, die Hütekinder gut zu behandeln.

Der Huber sitzt jeden Sonntag in der Kirche, aber was der Pfarrer sagt, ist ihm egal, dachte Jakob. Und ihm passiert nichts, auch wenn er schlimme Sachen macht.

Daheim in Galtür war es für Jakob keine Frage gewesen, dass man tun musste, was der Pfarrer sagte. Andernfalls wurde man von Gott, der alles sah und wusste, bestraft und landete am Ende in der Hölle. Seit er im Schwabenland war, hatte Jakob seine Zweifel, ob das stimmte.

Das Knallen einer Peitsche riss ihn aus seinen Gedanken. Er hörte Pferdegetrappel, das langsam leiser wurde. Das bedeutete, dass der Huber-Bauer aufgegeben hatte und davonfuhr.

Jakob krabbelte auf allen vieren ein Stück durch das Kornfeld. Dann erhob er sich so weit, dass er über die grünen Ähren sehen konnte. In einiger Entfernung entdeckte er den Einspänner, der in Richtung Berg rollte.

Zur Sicherheit ging Jakob etwas abseits des Weges weiter und erreichte den Rohrmoser-Hof, ohne dass der Huber ihm noch einmal begegnete.

Wie immer bellte der Schäferhund und zerrte an seiner Kette. Jakob hatte jedes Mal ein mulmiges Gefühl und hoffte, die Kette würde halten.

„Was willst denn … hicks … du schon wieder?“, rief der Rohrmoser, stolperte zum Haus heraus und landete auf dem Bauch.

Seine Frau kam hinterher und versuchte, ihm auf die Beine zu helfen, was bei dem schweren Mann nicht so einfach war. „Dass du am heiligen Sonntag so viel saufen musst!“, schimpfte sie ihn.

„Halt's Maul und lass mich … hicks … los! Ich kann … hicks … allein aufstehn.“

Der Hund kläffte wie verrückt.

„Kusch!“, herrschte der Rohrmoser ihn an. „Ab in die Hütte oder … hicks … ich dreh dir den Hals um!“

Winselnd zog der Hund den Schwanz ein und verschwand in der Hütte.

Der Rohrmoser wollte aufstehen, schaffte es beim ersten Versuch aber nur bis auf die Knie, sabberte und brabbelte schwer atmend vor sich hin.

„Du machst dein Sonntagshäs ganz dreckig!“, giftete seine Frau ihn an.

„Du sollst dein Maul halten … hicks … hab ich gesagt!“, schnauzte er zurück; dabei lief ihm Speichel aus den Mundwinkeln. „Verschwinde!“, rief er Jakob zu. „Sonst mach ich dir Beine!“

„Dazu musst du erst mal selbst auf die Beine kommen“, spottete die Bäuerin.

„Pass auf, was du sagst!“, drohte der Rohrmoser lallend. Dann schaffte er es mit viel Mühe, sich zu erheben, und tappte schwankend auf Jakob zu. Der wich zurück.

„Ihr Tiroler seid … hicks … ein faules Pack!“, nuschelte er. „Zu nichts kann man euch brauchen. Wir füttern euch durch und ihr seid … hicks … auch noch undankbar.“

Jakob schaute am Rohrmoser vorbei und fragte die Frau: „Wo ist mein Bruder?“

„Der hütet die Gänse …“

„Weil man ihn sonst … hicks … zu nichts brauchen kann“, fiel der Rohrmoser ein und wischte sich mit dem Ärmel den Speichel weg. „Nichtsnutze seid ihr Tiroler, verdammte Nichtsnutze!“ Er rülpste kräftig, machte eine wegwerfende Handbewegung und tappte schwankend davon.

„Und wo?“, fragte Jakob die Bäuerin.

„Dort hinten“, antwortete sie und zeigte nach Norden.

Jakob drehte sich um und ging davon, wobei er noch einen Blick zu dem Schäferhund hinüberwarf. Der traute sich angesichts des zeternden Bauern nicht aus seiner Hütte.

Der Rohrmoser ist so besoffen, dass er kaum stehen kann, dachte Jakob. Aber er beschimpft uns als faules Pack und Nichtsnutze. Jeder hier darf uns beschimpfen und schlagen und … und mit uns machen, was er will. Jakob schaute zum Himmel hoch. „Warum hilfst du uns nicht?", fragte er halblaut, erwartete jedoch keine Antwort.

Es dauerte nicht lange, bis Jakob das Federvieh entdeckte. Die Gänse und Enten waren so weit verstreut, als hätten sie keinen Hirten.

„Kilian!", rief er, schaute sich um, sah seinen Bruder im Gras liegen und lief zu ihm. „Kilian, wach auf!"

Doch der rührte sich nicht.

„Kilian!" Jakob rüttelte seinen Bruder so lange, bis der die Augen aufschlug. „Du darfst nicht schlafen!"

„Ich bin so müde", murmelte Kilian.

„Die Gänse und Enten hauen ab!"

„Das ist mir egal", nuschelte Kilian und schloss die Augen wieder.

Jakob packte seinen Bruder am Arm, hielt inne, schaute ihn an, ließ ihn wieder los, nahm den Stock, der neben Kilian lag, trieb das Federvieh zusammen und hoffte, dass keines fehlte. Dann setzte er sich neben seinen Bruder, und kurze Zeit später drohten auch ihm die Augen zuzufallen.

„Ich darf nicht einschlafen, sonst laufen die Gänse und

Enten wieder fort“, sagte er sich und stand auf, weil er wusste, dass er im Sitzen nicht wach bleiben würde. Er rannte ein Stück, hüpfte und schlug sogar einen Purzelbaum. Das half eine Weile gegen die Müdigkeit, und wenn sie ihn erneut packen wollte, wiederholte er das.

Als die Kirchturmuhr viermal schlug, weckte Jakob seinen Bruder.

„Ich muss wieder gehen“, sagte er.

„Schon? Du bist … doch eben erst gekommen“, murmelte Kilian verschlafen.

„Ich bin schon lange hier, aber du hast die ganze Zeit geschlafen.“

Kilian erzählte, dass er jeden Tag bis spätabends bei der Heuernte mithelfen musste und deswegen so müde sei.

„Das geht mir auch so“, sagte Jakob. „Darum bin ich zweimal nicht gekommen. Ich war so müd, dass ich schon in der Kirche und in der Christenlehre immer wieder eingeschlafen bin. Ich glaube, ich hätte es nicht bis hierher geschafft.“

Kilian gähnte und setzte sich auf.

„Und wie ist es sonst?“, wollte Jakob wissen.

Kilian hob die Schultern.

„Der Rohrmoser hat einen Rausch. Du gehst ihm am besten aus dem Weg“, warnte Jakob seinen Bruder.

„Wenn er einen Rausch hat, will er mich immer verhauen, aber dafür ist er zu langsam.“ Kilian kicherte. „Einmal ist er im Stall in den Kuhmist geflogen, genau mit dem Gesicht! Das hat mir gefallen. Und dem Franz auch. Der hat sich fast totgelacht.“

„Das hätte ich auch gern gesehen“, sagte Jakob.

„Du musst nur hierbleiben, dann siehst du es nächstes Mal.“

Jakob erwiderte nichts.

Eine Weile saßen die Brüder schweigend nebeneinander. Dann fragte Kilian leise: „Denkst du auch so oft an daheim wie ich?“

Jakob nickte.

„Wir wissen nicht mal, ob wir schon ein neues Geschwisterchen haben“, murmelte Kilian. „Vielleicht kann es schon laufen, und wir haben es noch nicht gesehen.“

„Quatsch!“, sagte Jakob. „So schnell kann es nicht laufen.“

„Ich möchte wissen, ob es ein Mädchen oder ein Bub ist“, sagte Kilian.

„Ich auch, aber da müssen wir warten, bis wir daheim sind.“ Jakob erhob sich. „Ich muss jetzt gehen, sonst komm ich zu spät in den Stall. Und du stehst auf, damit du nicht mehr einschläfst.“

„Kommst du nächsten Sonntag wieder?“, fragte Kilian.

„Mhm“, machte Jakob und nickte.

Regentage

Kaum war das Heu eingebracht, musste das Getreide geerntet werden. Nur ein paar Regentage unterbrachen die Erntezeit und wurden von den Knechten, Mägden und Hütekindern, ja sogar von den meisten Bauern und ihren Familien freudig begrüßt. Alle waren dankbar für die kleine Verschnaufpause.

An einem Regenmorgen nahm Bärbel nach dem Frühstück Jakobs Hand. „Komm, ich zeig dir was!" Sie führte ihn vor die Haustür.

„Wo willst du denn hin?", fragte er.

„Komm mit!"

„Es regnet doch."

„Trotzdem", sagte sie und versuchte ihn weiterzuziehen.

„Was willst du mir denn zeigen?"

„Den Regen."

Jakob zog seine Hand aus ihrer und blieb stehen.

„Feigling!", sagte Bärbel und lief allein auf den Hof.

„Du wirst ja ganz nass!", rief er.

Das Mädchen hüpfte und tanzte durch den Regen und schrie zurück: „Das ist schön! Komm doch her!"

Er schüttelte den Kopf. Aber Bärbel ließ nicht locker, rannte zu ihm, stand mit klatschnassen Haaren vor Jakob, nahm wieder seine Hand und bat ihn: „Komm!"

„Ich darf das nicht."

„Warum nicht?"

„Weil ich …“ Er stockte. „Ich darf das halt nicht.“

„Dann frag ich meinen Vater“, sagte Bärbel.

In diesem Augenblick kam der Bauer aus dem Haus. „Bärbel, wie siehst du denn aus? Du bist ja patschnass!“

„Gell, Vater, Jakob darf mit mir durch den Regen laufen?“, rief sie.

„Er … du …“

„Bitte! Bitte!“

Der Bauer sah, wie sehr sich Bärbel das wünschte, zögerte und sagte dann: „Wenn er möchte, meinetwegen.“

„Siehst du!“, sagte sie triumphierend zu Jakob und zog ihn mit.

Zuerst fühlte er sich unsicher und seine Schritte waren ungelenk. Doch bald tanzte er mit Bärbel ausgelassen über den Hof. Für ein paar Minuten vergaß Jakob, dass er ein Hütebub war, und fühlte sich frei. Lachend hüpfte er mit dem kleinen Mädchen um die Wette durch den Regen und in die Pfützen, dass es nur so spritzte.

Der Bauer schaute ihnen lächelnd zu.

Da trat die Ahne neben ihn. „Was ist denn …? Bärbel kann doch nicht! Die zwei sind … und du lässt das zu!“, stieß sie vorwurfsvoll hervor.

„Ich hab das als Bub auch gemacht“, erwiderte er.

„Das ist …“

„Du siehst doch, wie viel Freude es Bärbel macht“, unterbrach der Bauer seine Mutter. „Ich bin froh, dass sie so fröhlich ist. Und das haben wir Jakob zu verdanken.“

„Aber er ist …“

„Ein Hütebub, ich weiß, ich weiß“, unterbrach er sie erneut. „Aber ohne ihn würde Bärbel vielleicht nicht mehr leben.“

„Das weiß ich!“

„Jakob ist ein guter Junge, und fleißig ist er auch“, sagte der Bauer. „Warum soll er nicht mal mit Bärbel durch den Regen laufen, wenn es beiden Freude macht?“

Die Ahne antwortete nicht, drehte sich um und ging ins Haus.

Der Bauer ließ die Kinder noch ein Weilchen gewähren, dann rief er: „Jetzt reicht's! Kommt rein und trocknet euch ab! Dann muss Jakob Holz stapeln!“

Eine Viertelstunde später waren sie einigermaßen trocken. Sie gingen zu Alfons, der unter dem großen Vordach Holz spaltete. Jakob stapelte die Scheite an die Wand und Bärbel half ihm dabei.

Der Bauer dengelte derweil vor der Scheune die Sensen auf einem kleinen Amboss, dass sie wieder gut schnitten. Die Ahne und Trude putzten das Haus, weil sie dazu während der Erntetage nicht gekommen waren.

Am Nachmittag hörte es auf zu regnen, die Wolken brachen auf und bald schien die Sonne wieder. Am nächsten Tag konnte die Arbeit auf den Feldern weitergehen. Der Bauer und Alfons mähten das Getreide. Die Ahne, Trude, Jakob und Bärbel trugen die Halme zusammen und legten sie auf dicke Schnüre. Trude band die Halme damit zu Garben. Die wurden mit den Ähren nach oben aufgestellt und aneinandergelehnt, damit sie trocknen konnten. Waren sie trocken, wurden sie aufgeladen, zum Hof gefahren und in der Scheune abgeladen.

„Wenn wir das Korn dreschen, bist du wahrscheinlich schon daheim“, sagte der Bauer beim Vesper zu Jakob.

„Nein!“, rief Bärbel. „Jakob soll bei uns bleiben!“

„Er kann nicht bei uns bleiben“, erwiderte ihr Vater. „Er ist in Tirol daheim, dort warten seine Mutter und sein Vater auf ihn. Und seine Geschwister.“

„Bleib bei uns, bitte, bitte, lieber Jakob!“

„Bärbel!“, sagte die Ahne streng. „Du hast gehört, was dein Vater gesagt hat.“

Bärbel fing an zu weinen und drückte sich an Jakob. „Du darfst nicht weggehen“, schluchzte sie.

Jakob rutschte unbehaglich auf der Bank hin und her und wusste nicht, was er sagen sollte.

„Jetzt ist er ja hier und er bleibt auch noch ein paar Wochen“, versuchte der Bauer seine Tochter zu beruhigen.

„Aber er soll …“

„Hör auf damit!“, schnitt er ihr das Wort ab.

Bärbel schniefte und vergrub den Kopf in den Armen.

Jakob saß neben ihr und brachte keinen Bissen mehr hinunter.

Als er und Alfons sich etwas später in der Kammer auszogen und in die Betten legten, fragte Alfons: „Wenn du die Wahl hättest, hierzubleiben oder wieder heim nach Galtür zu gehen, was würdest du tun?“

„Heimgehen", antwortete Jakob, ohne lange zu überlegen.

„Obwohl Bärbel dich mag und der Bauer auch?"

Jakob nickte, was Alfons im Dunkeln jedoch nicht sehen konnte.

„Na?"

„Ich will mit Kilian heim und nie mehr ins Schwabenland müssen."

„Obwohl es dir hier recht gut geht?", hakte Alfons nach.

„Ja!"

„Ich versteh dich", sagte Alfons. „Daheim zu sein ist etwas Schönes. Ich wär auch gern irgendwo daheim. Und ich beneide dich darum, dass du bald wieder nach Hause gehen kannst."

„Aber ich habe Angst, dass meine Eltern mich und Kilian nächstes Jahr wieder wegschicken", flüsterte Jakob so leise, als hätte er die Worte am liebsten nicht ausgesprochen.

„Hm", machte Alfons, „das könnte natürlich sein. Aber auch dann würdet ihr nach einigen Monaten wieder heimgehen."

Jakob überlegte. „Und wo wären wir daheim, wenn wir dann wieder ins Schwabenland müssten und wieder?"

Alfons antwortete nicht.

„Fonsi, schläfst du?"

„Bald."

„Es ist doch nicht richtig, dass manche Eltern so arm sind, dass sie ihre Kinder wegschicken müssen, und andere so reich, dass sie mehr haben, als sie brauchen", sagte Jakob. „Ich hab dich schon mal gefragt, warum das so ist."

„Das ist kompliziert und einfach zugleich."

„Versteh ich nicht."

„Also pass auf", begann Alfons. „Den kleinen Leuten wird erzählt, dass es Arme und Reiche, Herren und Knechte gäbe, sei von Gott so gewollt. Wer daran rüttle, versündige sich gegen Gottes Ordnung und lande in der Hölle. Die kleinen Leute werden dumm gehalten, damit sie das glauben. Und weil sie nicht in der Hölle landen wollen, tun sie nichts gegen diese Ordnung, die ungerecht ist."

„Und was können sie dagegen tun?", wollte Jakob wissen.

„Nicht mehr alles glauben, was ihnen die Herren und Pfaffen erzählen", antwortete Alfons. „Selber nachdenken und sich wehren."

„Du hast mal gesagt, ihr hättet gegen die Herren gekämpft, aber verloren ..."

„Ja, weil wir zu wenige waren", erklärte Alfons. „Erst wenn sich viel, viel mehr Leute gegen die Fürsten und Herren wehren, kann sich etwas ändern."

„Ich werde mich wehren!", sagte Jakob entschlossen.

„Das hoffe ich", murmelte Alfons. „Aber nicht mehr heute. Jetzt schlafen wir erst mal. Morgen ist wieder ein langer Tag."

Knochenarbeit

Auch nach der Heu- und Getreideernte gab es keine Ruhe. Der zweite Grasschnitt, das Öhmd, musste eingebracht werden. Anschließend hütete Jakob noch zwei Wochen lang die Kühe auf den Wiesen, um das neue Heu für die Wintermonate und das Frühjahr zu sparen. Dann stand die Kartoffelernte an. Nach den morgendlichen Arbeiten und dem Frühstück spannte der Bauer ein Pferd vor den Wagen, lud Hacken, Weidenkörbe, Säcke und zwei besonders große und stabile Gabeln auf. Die Ahne und Trude brachten Essen und Trinken für die Mittagspause. Alle stiegen auf, und es ging hinaus zum Kartoffelacker. Dort nahmen der Bauer und Alfons die großen Gabeln, traten sie neben dem bräunlichen, schon vertrockneten Kraut in den Boden und wuchteten die Kartoffeln heraus. Die Ahne, Trude, Jakob und Bärbel lasen sie auf, rieben den gröbsten Dreck weg und warfen sie in die Körbe. Das alles machten sie kniend. Und natürlich arbeitete Bärbel neben Jakob. War ein Korb voll, erhoben sich die Ahne und Trude. Die Ahne hielt einen Sack auf, Trude nahm den Korb und schüttete die Kartoffeln hinein.

„Nicht spielen!“, mahnte die Ahne, als Bärbel Jakob eine Kartoffel zuwarf und „Fang!“ rief.

Wenig später hielt Bärbel eine Kartoffel in den Händen, die seltsam geformt war, als wäre es ein lachendes Gesicht. „Guck mal, Jakob!“, sagte sie und zeigte ihm die lachende Kartoffel.

„Die sieht lustig aus“, entgegnete Jakob.

„Die werf ich nicht in den Korb, die behalte ich", flüsterte Bärbel, schielte zur Ahne und steckte die Kartoffel in die Tasche ihres Kleides.

„Bärbel, was machst du denn?", fragte die Ahne.

„Nichts", antwortete Bärbel und warf schnell zwei Kartoffeln in den Korb, damit die Ahne zufrieden war.

Nach einiger Zeit hatten der Bauer und Alfons so viele Kartoffeln aus der Erde befördert, dass der Knecht beim Auflesen mithelfen konnte. Darüber war vor allem Trude froh, denn vom Hochheben der vollen Körbe schmerzte ihr der Rücken. Das übernahm nun Alfons, Trude musste nur noch die Säcke aufhalten.

Weil die Sonne schien, ließ sich die trockene Erde gut von den Kartoffeln reiben und sie kamen zügig voran. Um die Mittagszeit breitete die Ahne Brot, Wurst, Speck und Käse auf einem Tuch aus. Alle wuschen sich mit dem mitgebrachten Wasser aus einer Milchkanne notdürftig die Hände. Der Bauer goss von dem Wasser in einen Eimer und ließ das Pferd saufen. Dann setzte er sich zu den anderen auf den Boden. Obwohl an den Fingern noch Erde klebte, schmeckte das Essen in der frischen Luft köstlich.

Bärbel war als Erste satt und formte aus dem Rest ihres Brotes eine Kugel.

Jakob sah es und dachte: Bei uns daheim spielt niemand mit Brot, da wird jeder Krümel gegessen.

„Bärbel! Mit Brot spielt man nicht!", tadelte die Ahne ihre Enkelin.

Bärbel verschloss die Brotkugel in ihrer Hand. Sie wartete, bis die Ahne wegschaute, dann warf sie die Kugel hinter sich.

Als alle satt waren, packten die Ahne und Trude die Reste zusammen.

Der Bauer legte sich ins Gras und sagte: „Ein Viertelstündchen ruhen tut uns jetzt gut."

Bis auf die Ahne machten die Erwachsenen ein Nickerchen. Auch Jakob hätte sich gern hingelegt, aber Bärbel wollte lieber mit ihm spielen als sich ausruhen. „Fang mich!", rief sie, lief los und krabbelte unter dem Leiterwagen durch. Jakob hätte um den Wagen herumlaufen und Bärbel abfangen können, tat es aber nicht. Stattdessen verfolgte er sie nur ganz langsam. Und als Bärbel sich hinter einem Kartoffelsack versteckte, suchte er sie nicht, sondern legte sich neben Alfons ins Gras.

Nach einer Weile kam Bärbel angelaufen, zerrte an Jakob und rief: „Du sollst mich suchen, nicht schlafen!"

„Lass ihn!", sagte die Ahne. „Und leg dich auch ein wenig hin."

„Ich bin aber nicht müde." Bärbel blieb demonstrativ stehen und verschränkte die Arme vor der Brust. Während sie so dastand, streckte eine Maus ihr Schnäuzchen aus dem Loch, kam heraus und lief einen Mäusegang entlang, Bärbel genau vor die Füße. Sie bückte sich und griff nach dem Tier, das blitzschnell davonsauste.

„Ich hab fast eine Maus gefangen!", rief Bärbel.

„Und was hättest du mit ihr gemacht?", fragte ihr Vater, der sich erhob und kräftig gähnte.

„Mit heimgenommen."

Er lachte. „Daheim haben wir doch schon genug Mäuse. Nein, mehr als genug."

„Trotzdem."

„Wir gehen besser wieder an die Arbeit, bevor du wirklich eine Maus erwischst", sagte ihr Vater schmunzelnd.

Auch die andern erhoben sich. Nach der Mittagspause fiel ihnen die Arbeit erst schwerer als zuvor. Doch bald hatten sie wieder ihren Rhythmus und füllten Sack um Sack.

Gegen fünf luden der Bauer und Alfons die vollen Säcke auf den Wagen. Dann ging's zurück auf den Hof. Dort schleppten die Männer die Säcke zu einem kleinen Fenster, das knapp über den Boden reichte. Hinter dem Fenster war eine Rutsche angebracht, auf der die Kartoffeln in den vorbereiteten Verschlag im Keller kullerten.

Jakob musste die Schuhe ausziehen, in den Verschlag steigen und die Kartoffeln gleichmäßig verteilen. Dabei erinnerte er sich daran, wie Xaver und Ludwig unterwegs bei einem Bauern in den Keller geschlichen waren, um Kartoffeln zu stehlen, damit sie etwas zu essen hatten. Wie lange war das her? Jakob schien es eine halbe Ewigkeit zu sein. Er dachte an daheim, stellte sich vor, was seine Eltern und Geschwister gerade machten, und fragte sich wie sein Bruder Kilian, ob das neue Geschwisterchen schon geboren war.

Jakob spürte, dass ihm die Tränen kamen. Er versuchte nicht, sie zu unterdrücken wie so oft, sondern ließ sie laufen, weil ihn im dunklen Keller niemand sehen konnte.

Als endlich alle Kartoffeln im Verschlag waren, muhten die Kühe im Stall schon lauthals, denn sie wollten gefüttert und gemolken werden. Es dämmerte bereits. Jakob fütterte gerade die Schweine, da begannen die Hühner, Enten und Gänse im Garten wie wild zu schnattern und mit den Flügeln zu schlagen. Jakob stellte den Eimer ab, ging in den Garten und sah sofort, warum sich das Federvieh so aufregte: Ein Fuchs war hereingekommen und näherte sich den verängstigten Tieren. Jakob lief zum Hühnerhaus und ergriff den Stock, der immer dort stand. Der Fuchs hatte sich inzwischen eine Gans ausgeguckt, die kreischend und flatternd floh.

Jakob rannte hinter dem Fuchs her. „Hau ab!“, schrie er und: „Verschwinde!“

Doch der Fuchs ließ nicht von der Gans ab, machte einen Satz und packte sie am Hals.

„Lass sie los!“, schrie Jakob.

Die Gans wehrte sich, aber vergebens.

„Du sollst sie loslassen!“, schrie Jakob wieder und kam näher. Als er nur noch wenige Meter entfernt war, ließ der Fuchs tatsächlich von der Gans ab und fletschte die Zähne. Seine Schnauze war blutverschmiert.

Jakob blieb stehen, bekam Angst und wich zurück. Dabei hob er drohend den Stock, so wie er es machte, wenn er die widerspenstigen Gänse ins Hühnerhaus trieb. Den Fuchs schien das nicht zu beeindrucken. Er knurrte, setzte Fuß vor Fuß und ließ den Blick dabei nicht von Jakob.

„Gschsch!“, machte der, weil ihm nichts anderes einfiel und

weil er sich nicht traute, mit dem Stock nach dem Fuchs zu schlagen.

Der Fuchs kam bedrohlich nahe und duckte sich, als wolle er zum Sprung ansetzen. Da kläffte es und Bello rannte herbei, hinter ihm der Bauer. „Fass!“, rief er.

Der Fuchs sah den Hund kommen, ließ von Jakob ab, schaute zur Gans, machte kehrt, rannte zum Zaun und konnte im letzten Augenblick durch eine Lücke zwischen zwei Latten entkommen. Bello war zu groß für die Lücke, streckte den Kopf hindurch und bellte wie verrückt hinter dem Fuchs her.

Der Bauer kam keuchend angelaufen und blieb neben Jakob stehen. „Ist … dir … etwas passiert?“

Jakob konnte nur den Kopf schütteln.

„Das ist das Wichtigste“, sagte der Bauer und legte Jakob kurz eine Hand auf die Schulter. Dann wandte er sich Bello zu: „Ist gut, Bello, ist gut.“

Doch der Hund bellte weiter hinter dem Fuchs her. Der Bauer ging zu ihm und zog ihn am Halsband zurück. „Aus!“

Bello knurrte noch ein wenig, beruhigte sich aber langsam und folgte seinem Herrn.

„Gott sei Dank hab ich dich rufen hören“, sagte der Bauer zu Jakob. „Wer weiß, was sonst passiert wäre. Mit einem angriffslustigen Fuchs ist nicht zu spaßen. Die Gans hat er totgebissen; die gibt nun einen Braten – aber nicht für den Fuchs, sondern für uns.“

Jakob nickte nur. Der Schreck saß ihm noch in den Gliedern.

„Ich muss gleich eine neue Latte holen, damit der Fuchs nicht wieder hereinkommt. Du treibst so lange die Tiere ins Hühnerhaus!"

Weil Jakob noch weiche Knie hatte und die Gänse, Enten und Hühner immer noch aufgeregt und verängstigt waren, brauchte er dafür länger als sonst.

Nach dem Abendbrot fiel er wie gerädert ins Bett und schlief sofort ein.

Mitte Oktober holten sie die letzten Kartoffeln aus der Erde. Alle waren froh, dass die schwere Arbeit für dieses Jahr geschafft war. Zum Abschluss sammelten sie das dürre Kartoffelkraut auf einem Haufen und zündeten es an.

„Das ist ein Freudenfeuer", sagte der Bauer und hielt sich den Rücken. „Was gäbe ich dafür, wenn Kartoffeln an Bäumen wachsen würden!"

Bärbel guckte ihn an, als zweifle sie an seinem Verstand. „Kartoffeln können doch nicht auf Bäumen wachsen!"

Er lächelte. „Leider. Deswegen müssen wir sie jedes Jahr mühsam aus dem Boden graben und auflesen. Das geht ins Kreuz."

Als das Feuer schön brannte, warfen sie einige Kartoffeln in die Glut, setzten sich und schauten den Flammen zu.

„Wie lange dauert es denn noch, bis wir die Kartoffeln essen können?", fragte Bärbel ungeduldig.

„Ein paar Minuten", antwortete ihr Vater.

Endlich stocherte er die angekohlten Kartoffeln aus dem Feuer. „Vorsicht, die sind sehr heiß!", warnte er seine Tochter.

Doch Bärbel hörte nicht auf ihn, griff ungeduldig nach einer Kartoffel, schrie auf und ließ sie wieder fallen. Schon kamen ihr die Tränen.

Die Ahne stand auf, holte die Milchkanne mit dem Wasser und goss davon über die schmerzenden Finger. „Dein Vater hat doch gesagt, dass die Kartoffeln heiß sind. Wer nicht hören will, muss fühlen!"

Bärbel schniefte.

„Komm her", sagte Trude, nahm Bärbels Hand und pustete auf die Finger. Da tat es schon fast nicht mehr weh.

„Jetzt will ich keine blöde Kartoffel mehr", brummte Bärbel.

„Das wär aber schade", sagte ihr Vater.

„Mir egal." Bärbel schmollte.

Der Bauer wartete noch eine Weile, dann nahm er eine Kartoffel, schälte sie mit seinem Taschenmesser und streckte sie Bärbel entgegen. Sie schüttelte störrisch den Kopf.

„Tja, wenn du sie nicht willst, dann esse ich sie", sagte er und tat so, als wollte er ein Stück abbeißen.

„Nein! Das ist meine!" Sie nahm ihm die Kartoffel aus der Hand und biss hinein.

„Na, schmeckt sie?"

Bärbel nickte, weil sie mit vollem Mund nicht antworten konnte.

Auch die anderen schälten nun Kartoffeln. Nur Jakob pulte die verkohlte Schale mühsam mit den Fingern ab. Er musste daran denken, wie er in der halb zerfallenen Scheune mit schlechtem Gewissen eine der von Xaver und Ludwig geklauten

Kartoffeln gegessen hatte. Und er fragte sich, wie es den anderen Kindern aus Galtür wohl ergangen war. Dass Xaver bei einem guten Bauern war, das wusste Jakob. Aber von den anderen hatte er nichts gehört. Er dachte auch an Anna und spürte sofort, wie es im Bauch warm wurde.

„Jakob! Träumst du?"

„Ich … äh … nein."

„Hat aber so ausgesehen", sagte der Bauer. „Hast du kein Taschenmesser?"

Jakob schüttelte den Kopf.

„Dann wird's höchste Zeit! Ein richtiger Bub braucht ein Messer", meinte der Bauer.

„Aber ich …"

„Hier, nimm meins", sagte Alfons.

Jakob bedankte sich, schälte die Kartoffel und ließ sie sich schmecken. Dann noch eine zweite, so wie die anderen auch. Er hätte auch noch eine essen können und noch eine, es waren ja genug da. Anders als damals in der Scheune – und anders als daheim.

Sie blieben am Feuer sitzen, bis es niedergebrannt war. Der Bauer goss das restliche Wasser in die Glut, dass es laut zischte. „Jetzt kann nichts mehr passieren", sagte er.

Sie fuhren zurück zum Hof. Dort schütteten der Bauer und Alfons die letzten Säcke durch das Kellerfenster. Und damit war die Kartoffelernte wirklich zu Ende.

Glück gehabt!

Einige Tage nach dem Freudenfeuer stand Alfons oben im Apfelbaum, pflückte die späten Äpfel, die bis ins Frühjahr gelagert werden konnten, und legte sie in einen Beutel. War der Beutel voll, ließ er ihn an einer Schnur hinab. Unten nahm Jakob den Beutel in Empfang, holte die Äpfel einzeln heraus und legte sie vorsichtig in einen Korb. Bärbel war auch dabei und wollte helfen. Allerdings wurde es ihr bald langweilig. Sie hüpfte durch den Garten und klatschte in die Hände, um die Hühner aufzuscheuchen. Die liefen gackernd davon und Bärbel lachte. Da kam plötzlich eine Gans mit ausgebreiteten Flügeln und lang gestrecktem Hals angestürmt.

„Hilfe!", schrie Bärbel, lief, so schnell sie konnte, zu Jakob und versteckte sich hinter ihm. „Tu die weg!"

„Gschsch!", machte er und hob drohend die Arme, obwohl er keinen Stock hatte. „Gschsch!"

Die Gans zischte noch ein paarmal, zog den Hals zurück, klappte die Flügel ein und watschelte schnatternd davon.

„He! Was ist los?", rief Alfons von oben. „Warum nimmst du den Beutel nicht ab?"

Jakob drehte sich um, da baumelte der Beutel vor seiner Nase. „Ich hab ihn schon!"

„Schon ist gut", brummte Alfons.

Jakob leerte den Beutel, rief „Fertig!", und Alfons zog ihn wieder hoch.

„Die Gänse sind blöd“, sagte Bärbel.

Jakob nickte. Er erinnerte sich noch gut daran, wie er zum ersten Mal in den Garten gekommen war. Damals war er vor einer Gans davongelaufen und hatte sich hinter dem Bauern versteckt. Und jetzt versteckte sich Bärbel hinter ihm.

„Wie lange musst du noch Äpfel in den Korb tun?“, wollte Bärbel wissen.

„Den ganzen Tag.“

„Das ist ja blöd! Dann kannst du gar nicht mit mir spielen.“

Jakob zuckte mit den Schultern und zog die Augenbrauen hoch. Er sah aus, als täte ihm das leid. Doch das stimmte nicht. Er spielte nicht so gern mit ihr.

„Ich geh rein, mir ist kalt“, murmelte Bärbel. „Du musst mit mir gehen …“

„Ich muss hierbleiben und Fonsi helfen.“

„… bis zur Tür“, vollendete Bärbel ihren Satz. „Allein hab ich Angst vor den Gänsen.“

„Dann aber schnell“, sagte Jakob, nahm Bärbel an der Hand und lief mit ihr zum Haus.

Als er zurückkam, baumelte der Beutel schon wieder unten.

„So geht das nicht!“, schimpfte Alfons. „Was machst du …?“

„Ich hab Bärbel helfen müssen“, verteidigte sich Jakob.

„Du musst mir helfen!“

„Jetzt ist sie ja weg.“

„Wird gut sein.“

Für den Rest des Tages wurden sie nicht mehr gestört.

„Siehst du noch Äpfel?“, rief Alfons schließlich von oben.

Jakob schaute hoch. „Ja. An dem Ast rechts über dir hängen noch ein paar."

Alfons entdeckte sie zwischen den Blättern. Er stieg auf den nächsten Ast, ging mit kleinen Schritten nach rechts und streckte den Arm aus. Aber er konnte die Äpfel nicht erreichen. Also wagte er sich weiter vor. Der Ast, auf dem er stand, bog sich tiefer und tiefer. Alfons machte noch einen Schritt – da knackte es und der Ast brach!

Alfons stürzte, konnte sich nicht mehr halten, landete knapp neben Jakob auf dem Boden und blieb regungslos liegen, mit dem Gesicht nach unten.

Ein paar Augenblicke starrte Jakob ihn an. „Fonsi", murmelte er.

Alfons reagierte nicht.

„Fonsi, sag doch was!"

Der Knecht begann zu stöhnen und nuschelte etwas ins Gras, was Jakob nicht verstand.

„Was hast du gesagt?"

Wieder murmelte Alfons Unverständliches und stöhnte lauter. Da drehte Jakob sich um, lief zum Haus und schrie zur Tür hinein: „Fonsi ist vom Baum gefallen!"

Die Ahne kam aus der Küche. „Warum schreist du denn so?"

„Fonsi ist vom Baum gefallen!", wiederholte Jakob.

Sie bekreuzigte sich und sagte: „Hol den Bauern! Er ist in der Scheune." Sie selbst rief nach Trude, die im Gemüsegarten arbeitete.

Alle eilten in den Garten, wo Alfons wie zuvor im Gras lag.

„Ogottogott!“, jammerte Trude.

Der Bauer beugte sich über ihn und fragte: „Hörst du mich?“

Alfons nickte.

„Wo tut's am meisten weh?“

Er nuschelte etwas, das „überall“ heißen konnte.

„Der rechte Arm“, murmelte Trude und zeigte auf ihn.

Jetzt sahen auch die anderen, dass Alfons' rechter Arm unnatürlich gebogen war.

„Der ist gebrochen“, stellte die Ahne fest.

„Sieht so aus“, stimmte der Bauer zu. Er tastete vorsichtig den linken Arm und die Beine ab. „Die scheinen nicht gebrochen zu sein. Alfons, beweg mal deine Beine, wenn du kannst.“

Nacheinander hob der Knecht die Beine ein wenig an.

„Ich fahr dich nach Weingarten zum Doktor“, beschloss der Bauer. „Aber dazu muss ich dich aufstellen. Beiß die Zähne zusammen!“

Der Bauer schob die Arme von hinten um Alfons und hob ihn vorsichtig hoch. Alfons schrie vor Schmerzen.

„Gleich haben wir's geschafft“, sagte der Bauer.

Alfons hielt seinen rechten Arm mit der linken Hand fest. Trude lief ins Haus und kam mit einem Kopftuch zurück. Daraus band sie eine Schlinge, die Alfons' gebrochenen Arm stützte.

Der Bauer spannte ein Pferd vor den Einspänner, half Alfons hinauf und fuhr mit ihm davon.

Jakob, der auf dem Hof zurückblieb, machte sich schlimme Vorwürfe. Schließlich hatte er Alfons die Äpfel gezeigt, die so weit außen am Ast hingen. Die Ahne riss ihn aus seinen Gedanken. „Bis der Bauer mit Alfons zurück ist, legst du die Äpfel im Keller in die Regale. Trude trägt die Körbe runter. Und denk dran, was ich dir gestern gezeigt habe!“

Allein in dem dusteren Keller legte Jakob vorsichtig einen Apfel neben den anderen. So hatte die Ahne es ihm eingetrichtert. Er musste aufpassen, dass er keinen Apfel irgendwo anstieß, weil der sonst faulen würde. Und ein einziger faulender Apfel konnte die Äpfel um ihn herum auch faulig machen.

Jakob musste daran denken, dass der Pfarrer am Sonntag in der Christenlehre auch von faulen Äpfeln gesprochen hatte, mit ganz ähnlichen Worten wie die Ahne: So wie ein einziger fauler Apfel alle um ihn herum verderben könne, so könne auch ein einziger schlechter Mensch die Menschen um ihn herum verderben. Deswegen müsse man einem schlechten Menschen aus dem Weg gehen, um nicht von seinen Gedanken, Worten und Taten angesteckt und verdorben zu werden.

Alois hatte gefragt, woran man einen schlechten Menschen erkennen könne.

Daran, dass er nicht nach den Geboten Gottes und der heiligen katholischen Kirche lebe, hatte der Pfarrer geantwortet.

Jakob dachte an Alfons, der nicht in die Kirche ging und hin und wieder über die Pfarrer schimpfte. Auch Anton Lechleitner hatte abfällig über die Geistlichen gesprochen. Aber beide waren keine schlechten Menschen, da war sich Jakob sicher. Und auch er war kein schlechter Mensch, obwohl er in letzter Zeit nicht mehr alles glaubte, was der Pfarrer daheim erzählt hatte und was der hier erzählte.

Als Jakob den vierten Korb geleert hatte, stapelte er die Körbe ineinander und trug sie nach oben. Die Ahne schickte ihn wieder in den Garten, wo er die heruntergefallenen Äpfel auflesen sollte. Sie wollte daraus Apfelmus und Dörrobst machen. Jakob war noch nicht fertig, da hörte er Pferdegetrappel näher kommen. Sofort lief er auf den Hof. Auch Trude kam aus dem Gemüsegarten und stellte sich neben Jakob.

„Ich lebe noch!", rief Alfons ihnen entgegen und löste damit die Spannung.

Trude wollte ihm beim Absteigen helfen, doch Alfons winkte mit der linken Hand ab. „Das schaff ich allein." Er stieg ab und humpelte um den Wagen herum. Sein rechter Unterarm war geschient und hing in einer Schlinge.

„Nun sag schon, was du hast!", forderte ihn Trude auf.

„Den Arm gebrochen, das siehst du ja."

„Aber deswegen hinkst du doch nicht."

„Den Fuß hab ich verstaucht und etliche blaue Flecken", antwortete Alfons. „Wie das halt so ist, wenn man vom Baum fällt."

„Er hat noch mal Glück gehabt", warf der Bauer ein.

„Na ja, Glück würde ich das nicht nennen", erwiderte Alfons.

„Du hättest dir noch mehr brechen können – oder tot sein", sagte der Bauer ernst.

„So schnell ist man nicht tot."

„Du wärst nicht der Erste, dem das passiert."

„Ja, ja", sagte Alfons und schaute Jakob prüfend an. „Was ist denn mit dir? Du guckst ja wie die Kühe, wenn's donnert."

Jakob schwieg.

„Kopf hoch, Kerle", sagte Alfons. „Du glaubst doch wohl nicht, es wäre deine Schuld, dass ich vom Baum gefallen bin? So ein Quatsch! Das hab ich mir ganz allein eingebrockt. Ich hab doch gemerkt, wie sich der Ast unter mir immer weiter gebogen hat, aber ich Depp wollte die verdammten Äpfel unbedingt holen. Dafür kannst du nichts, überhaupt nichts!"

„So, ihr geht jetzt wieder an eure Arbeit", sagte der Bauer zu Trude und Jakob. „Alfons schont sich heute, und morgen sehen wir weiter."

Am nächsten Tag schüttelte der Bauer mit einem langen Haken die Schweizer Wasserbirnen vom Baum. Sie sollten zusammen mit verschiedenen Apfelsorten zum Mosten verwendet werden. Alfons las sie auf Knien in Körbe; das konnte er mit einer Hand. Für ihn kletterte der Bauer auf die Apfelbäume und ließ die gepflückten Äpfel im Beutel zu Jakob hinunter.

Den Abschluss der Obsternte bildete das Mosten. Die dazu notwendigen Geräte wurden im Hof aufgestellt. Der Bauer schüttete die vollen Säcke in die Obstpresse. Dann holte er ein Pferd aus dem Stall und spannte es vor ein etwa zwei Meter langes Holz, das an der Presse festgeschraubt war. Alfons führte das Pferd im Kreis herum. An der Presse war unten eine Öffnung, aus der der Saft in einen Bottich floss. Trude und Jakob schöpften den süßen Most mit Eimern heraus und trugen ihn in den Keller, wo Trude ihn durch einen Trichter in ein Mostfass leerte. Bärbel wollte helfen, aber ihr Vater sagte, dazu sei sie noch zu klein. Sie schmollte, doch das dauerte wie meistens nicht lange. Dann holte sie einen Becher aus der Küche, füllte ihn und trank ihn leer.

„Mhm“, machte sie und leckte sich die Lippen. „Das schmeckt gut! Jakob, trink mal!“ Sie füllte den Becher erneut und gab ihn Jakob. Er zögerte.

„Trink!“, forderte ihn Bärbel auf.

Der Duft des Süßmostes ließ ihm das Wasser im Mund zusammenlaufen. Er konnte nicht mehr widerstehen, nahm einen Schluck – und war sicher, noch nie etwas so Köstliches getrunken zu haben.

Bärbel schaute ihn an und wartete auf sein Urteil. Als Jakob schwieg, sagte sie: „Gell, der ist gut.“

Jakob nickte.

Sie nahm ihm den Becher aus der Hand. „Wir trinken gleich noch mal.“

Das taten sie an diesem Tag so oft, dass beide später von kräftigem Durchfall geplagt wurden und sich bis zum Abend auf dem Plumpsklo abwechselten.

Ein stiller Schwur

Am 2. November fuhr der Bauer mit Jakob und Bärbel nach Weingarten und steuerte eine Schneiderwerkstatt an. Jakob sollte als Teil seines Lohnes von Kopf bis Fuß zweimal eingekleidet werden, denn sie hatten doppeltes Häs vereinbart. Der Schneider brachte zuerst einige gebrauchte Hosen und Jacken. Der Bauer schüttelte den Kopf und bat ihn, Maß zu nehmen und für Jakob neues Häs zu machen.

„Gern“, sagte der Schneider, zeigte dem Bauern ein paar Stoffe und nannte die jeweiligen Preise.

Der Bauer entschied sich für zwei Stoffe, einen robusten und einen etwas feineren.

Während der Schneider an Jakob Maß nahm, zündete der Bauer einen Stumpen an. Der Schneider öffnete demonstrativ ein Fenster, weil ihm das nicht gefiel. Aber er sagte nichts, um den Kunden nicht zu verärgern.

Bärbel ging in der Werkstatt herum und fragte: „Krieg ich auch ein neues Kleid?“

„Ein andermal“, antwortete ihr Vater. „Heute ist Jakob dran.“ Und zum Schneider sagte er: „Das Häs soll so groß werden, dass er noch hineinwachsen kann.“

„Das mache ich bei Kindern immer so“, brummte der Schneider.

Als er alle Maße in einem Buch notiert hatte, sagte er: „Eine Woche dauert es aber schon, ich habe noch andere Aufträge.“

Der Bauer nickte, zog an seinem Stumpen und blies den Rauch in die Luft. „Das reicht, er braucht die Sachen erst zu Martini."

Sie verabschiedeten sich, stiegen auf den Einspänner und fuhren weiter zum Schuhmacher.

„Du kriegst noch neue Stiefel", sagte der Bauer zu Jakob.

„Ich auch!", rief Bärbel.

„Deine passen dir noch", erwiderte ihr Vater. „Du brauchst keine neuen."

Nach dieser zweiten Absage zog Bärbel einen Flunsch.

Beim Schuhmacher ging es schneller als beim Schneider. Er hatte kürzlich für einen Buben in Jakobs Alter ein Paar Stiefel angefertigt. „Vor einer Woche ist der arme Bub in der Schussen ertrunken und braucht jetzt keine Stiefel mehr. Die sind aber aus einem sehr guten Leder und ich kann euch einen guten Preis machen."

„Wenn sie Jakob passen, können wir darüber reden", sagte der Bauer und zog wieder an seinem Stumpen.

Den Schuhmacher schien das Rauchen nicht zu stören. Er stellte die Stiefel vor Jakob hin, und der schlüpfte hinein.

„Na?", fragte der Bauer.

„Sie sind ein bisschen zu groß."

Der Schuhmacher bückte sich und drückte vorn drauf. „Aber nicht viel. Da legen wir noch eine dicke Sohle rein, dann geht's. Buben in seinem Alter wachsen schnell, besonders an den Füßen. Da ist es besser, wenn neue Stiefel ein bisschen zu groß sind. Er muss sie nur fest schnüren."

Der Bauer nahm den Stumpen aus dem Mund und forderte Jakob auf, mit den Sohlen in den Stiefeln ein paar Schritte zu gehen. Jakob ging im Kreis und spürte bei jedem Schritt, dass er noch nie solche Stiefel an den Füßen gehabt hatte. In die pinkle ich nicht hinein, dachte er. Dafür sind sie zu schade.

„Wie ist es jetzt?"

„Gut."

„Na, seht ihr!", sagte der Schuhmacher zum Bauern. „Hab ich's doch gewusst!"

Während der Bauer um den Preis feilschte, zog Jakob die Stiefel wieder aus, obwohl er sie am liebsten gleich anbehalten hätte. Zehn Tage musste er sich noch gedulden.

Am Morgen des 11. November, dem Martinstag, stand Jakob in den neuen Stiefeln und neu eingekleidet in der Stube. Sein Rucksack war prall gefüllt mit dem zweiten neuen Häs, den Schuhen, seinen alten Kleidern und reichlich Lebensmitteln.

„Kannst du den überhaupt tragen?", fragte Trude.

Jakob schulterte den Rucksack und spürte das Gewicht bis in die Beine.

„Na?", fragte der Bauer.

„Es geht schon."

„So schafft er den Weg bis nach Tirol nie", meinte Trude.

„Das Essen wird ja jeden Tag weniger", erwiderte Alfons. „Dann wird der Rucksack leichter. Jakob schafft das schon."

„Das mein ich auch", sagte der Bauer und nahm Jakob den Rucksack wieder ab. „Also, wir müssen los!"

Bärbel klammerte sich weinend an Jakob. Ihr Vater zog sie behutsam von ihm weg und nahm sie auf den Arm. „Vielleicht kommt er ja im Frühjahr wieder."

Doch diese vage Hoffnung konnte Bärbel nicht trösten. „Er soll hierbleiben!", schniefte sie.

„Er kann nicht hierbleiben, das hab ich dir doch schon ein paarmal erklärt." Der Bauer stellte seine Tochter auf den Boden. Sie lief heulend hinaus.

„Bärbel!", rief die Ahne.

„Lass sie!", sagte der Bauer. „Wir müssen jetzt wirklich gehen."

Die Ahne reichte Jakob die Hand. „Behüt dich Gott."

Auch Trude verabschiedete sich mit Handschlag von ihm.

„Mach's gut!", sagte Alfons und gab ihm einen Klaps auf die Schulter.

Jakob schluckte. „Du auch."

Der Bauer nahm den Rucksack und trug ihn zum Einspänner. Bello kam angelaufen und sprang bellend an Jakob hoch. Das war ihm noch immer unangenehm und er war froh, als der Bauer den Hund wegschickte.

Bevor sie auf den Wagen stiegen, zündete sich der Bauer noch einen Stumpen an. Dann nahm er die Zügel, rief „Hü!" und das Pferd setzte sich in Bewegung.

Während der Fahrt hätte Jakob sich gern beim Bauern für alles bedankt und legte sich mehrfach die Worte zurecht, schaffte es aber nicht, sie auch auszusprechen. Und der Bauer schwieg ebenfalls.

Als sie in Ravensburg die Bachstraße erreichten, bremste der Bauer das Pferd.

„Vor der Krone ist schon viel Trubel", sagte er. „Ich wende lieber gleich hier, und du gehst die paar Schritte zu Fuß."

Jakob nickte und stieg ab. Der Bauer nahm den Rucksack und half Jakob, ihn zu schultern. Dann griff er in die Jackentasche und holte ein neues Taschenmesser heraus. „Du weißt ja: Ein richtiger Bub braucht ein Messer und du bist ein richtiger Bub." Mit diesen Worten drückte er es Jakob in die Hand.

„Danke", sagte Jakob mit einem Kloß im Hals. „Und für alles andere auch."

Der Bauer legte ihm eine Hand auf die Schulter. „Wenn du im Frühjahr wieder ins Schwabenland musst, darfst du gern zu uns kommen."

Ich will nie wieder ins Schwabenland, dachte Jakob. Doch das behielt er für sich.

„So, jetzt gehst du zur Krone, dort warten sie bestimmt schon auf dich", sagte der Bauer und gab Jakob die Hand. „Behüt dich Gott."

Jakob nickte, drehte sich um und ging.

Schon nach wenigen Schritten hörte er eine Stimme seinen Namen rufen: Kilian kam ihm entgegengelaufen. „Jakob! Jakob! Wir gehen wieder heim!"

Er freute sich sehr, seinen Bruder zu sehen, aber ihm fiel sofort auf, dass Kilian keinen Rucksack auf dem Rücken hatte. „Wo hast du deinen Rucksack?"

„Beim Sepp."

„Wo ist der?“

„Komm mit!“ Kilian nahm Jakobs Hand und wollte mit ihm laufen.

„Ich kann nicht so schnell.“

Nebeneinander gingen sie in Richtung „Krone“, wo Josef Gruber von Kindern umgeben war.

„Dein Rucksack scheint ziemlich voll zu sein“, stellte der Mesmer fest, nachdem er Jakob begrüßt hatte. „Den nimmst du am besten noch so lange ab, bis wir losmarschieren.“

Das tat Jakob. Dann entdeckte er Anna und stellte sich wie zufällig neben sie. Ein Lächeln huschte über ihr Gesicht.

„Wie war's in Weingarten?“, fragte er leise.

„Gut.“

Bevor Jakob noch etwas sagen konnte, kam Xaver und boxte ihn gegen die Brust. „Du hast ja ganz dicke Backen. Haben sie dich gemästet?“

„Quatsch!“

„Aber so, wie du aussiehst, ist es dir richtig gut gegangen.“

„Ja, schon …“

„Sag ich doch.“ Xaver wandte sich an Anna: „Und wie war's bei dir?“

„Gut“, antwortete sie, damit er nicht weiterfragte.

„Hört mal alle her!“, rief Josef Gruber, der die eintreffenden Kinder auf seiner Liste abgehakt hatte. „Severin und die kleine Traudl fehlen noch. Weiß jemand etwas von ihnen?“

Keines der Kinder hatte Severin in den vergangenen Monaten gesehen.

„Traudl war bei der netten Frau, nur ein paar Häuser entfernt von meinem Bauern“, antwortete Ludwig.

„Ist das weit von hier?“

„Ganz am Ende der Stadt.“

„In welcher Richtung?“

Ludwig zeigte nach Norden.

„Hm, wir müssen in die andere Richtung“, murmelte Josef Gruber. „Hoffentlich haben sie nicht vergessen, dass wir heute zurückgehen. Lange können wir nicht mehr warten.“

„Aber wir müssen doch ... Und wenn Severin nicht kommt?“, fragte Kilian.

„Er kommt bestimmt“, versuchte Jakob ihn zu beruhigen.

Kilian schaute angespannt in alle Richtungen.

„Da sind sie!“, rief Ludwig und zeigte die Bachstraße hinunter.

Eine Frau kam mit Traudl an der Hand näher. Der Mesmer wollte schon schimpfen, da sah er ihr verweintes Gesicht.

„Was ist passiert?“

„Passiert ist nichts“, antwortete die Frau und wischte sich die Tränen ab. „Nur dass ich das Kind ins Herz geschlossen habe und gern behalten möchte.“

„Das ... das geht nicht“, sagte Josef Gruber. „Ich muss alle wieder heimbringen.“

„Ich weiß.“ Die Frau drückte Traudl fest an sich. „Komm nächstes Jahr wieder, ich warte auf dich!“

Traudl nickte nur.

In diesem Augenblick entdeckte Kilian zwischen den vielen

Kindern seinen Freund. „Severin! Hier sind wir!“, rief er erleichtert und winkte.

Severin war fast so schmächtig wie vor acht Monaten. Man sah ihm an, dass er es nicht so gut gehabt hatte wie andere. Trotzdem strahlte er. „Gott sei Dank muss ich nicht mehr zu dem Saubauern!“, sagte er.

„War es so schlimm?“, fragte Kilian.

„Es war …“

„Ihr habt unterwegs genug Zeit zum Erzählen“, fiel ihm der Mesmer ins Wort. „Wir müssen endlich los!“

Die Frau hängte Traudl den Rucksack auf die Schultern. Und als sich der Zug in Bewegung setzte, blieb sie weinend zurück.

Die Kinder hatten sich zum Teil seit Anfang März nicht mehr gesehen und einander viel zu erzählen. Und weil die meisten gut genährt waren, bessere Schuhe und Kleidung hatten als damals und sich auf daheim freuten, fiel ihnen der Rückweg nicht so schwer wie der Hinweg. Zudem hatten sie zweimal Glück und wurden von Bauern auf Leiterwagen ein Stück mitgenommen.

Nur als sie am dritten Tag auf einem Bauernhof zwischen Götzis und Rankweil nach einem Nachtlager fragen wollten, erging es ihnen schlecht. Schon von Weitem rief der Bauer: „Verschwindet von meinem Hof!“, und ließ den Hund von der Kette. Er jagte zwischen die Kinder, die kreischend auseinanderliefen, und schnappte nach ihnen. Severin war nicht schnell genug, der Hund erwischte ihn und biss zu. Der Bub schrie wie am Spieß.

Josef Gruber kam ihm zu Hilfe und schlug mit seinem Stock nach dem Hund, bis er losließ und in seine Hütte flüchtete.

Der Hund hatte zwar Severins Bein nicht erwischt, aber in seiner neuen Hose fehlte ein Stück.

Josef Gruber wäre am liebsten zu dem rabiaten Bauern gegangen, hätte ihm gehörig die Meinung gesagt und Schadenersatz für die zerrissene Hose gefordert. Aber er ahnte, dass er auf taube Ohren stoßen würde, und ließ es bleiben. Um Severin ein wenig zu trösten, sagte er: „Lieber ein Loch in der Hose als im Bein."

Für Severin, dem der Schreck noch in den Gliedern saß, war das nur ein schwacher Trost.

Der Mesmer rief seine Schützlinge zusammen, ging mit ihnen weiter und traf bald auf ein gnädigeres Bauernpaar, das ihnen nicht nur ein Nachtlager gewährte, sondern auch noch Brot und Milch in die Scheune brachte.

Weil sich der Winter dieses Jahr Zeit ließ und in den Bergen nicht so viel Schnee lag wie in anderen Jahren, kamen sie auch auf dem letzten Teil ihres Weges gut voran. Nur von dem Bach ohne Brücke wurden sie wieder aufgehalten. Zwar schafften es diesmal alle Kinder, ohne dass eines ins Wasser fiel, aber sie verloren viel Zeit. Es dämmerte schon, bevor sie St. Gallenkirch erreichten.

Josef Gruber nahm das Seil aus dem Rucksack, rief Ludwig zu sich und gab ihm das eine Ende in die Hand. „Ich geh vorne, du gehst hinten", sagte er. „Die andern marschieren zwischen uns und halten sich mit einer Hand am Seil fest. So können wir keinen verlieren, wenn es dunkler wird. Niemand lässt das Seil los, habt ihr mich verstanden?“

„Ja“, antworteten die Kinder.

„Also los, weiter!“

Josef Gruber stapfte durch den Schnee, ihm folgten Johannes und Franz. In ihren Spuren taten sich die Kleineren leichter.

Nach einiger Zeit entdeckten sie einen schwachen Lichtschein in der hereinbrechenden Dunkelheit.

„Dort vorn ist St. Gallenkirch!“, rief Josef Gruber.

„Ich kann nicht mehr“, klagte hinten jemand mit weinerlicher Stimme.

„Ich auch nicht.“

„Es ist nicht mehr weit!“, rief Josef Gruber. „Das schafft ihr! Dann übernachten wir bei den Lechleitners. Da geht's euch gut, das wisst ihr doch noch vom Hinweg.“ Er hoffte, dass diese Worte alle aufmuntern würden, und ging weiter. Allerdings kamen sie nur noch langsam voran, denn der Weg war inzwischen mehr zu ahnen als zu sehen. Und das letzte Stück musste er Toni tragen, der das Seil losgelassen und sich in den Schnee gelegt hatte.

In der Lechleitner-Stube war es schön warm und die Bäuerin kochte wieder eine gute Suppe.

„Jetzt sehen sie besser aus als im März, jedenfalls die meisten“, sagte Anton Lechleitner. „Aber es ist und bleibt eine Schande, ja sogar ein Verbrechen, dass unsere Kinder ins Schwabenland müssen, um etwas auf die Rippen und anständiges Häs zu bekommen.“

„Pst!“, machte seine Frau. „Schimpf doch nicht schon wieder!“

„Darüber werde ich mein Leben lang schimpfen“, erwiderte er. „Und ich hoffe, dass noch viel mehr Leute schimpfen und noch viel lauter, damit das möglichst bald aufhört!“

Jakob erinnerte sich an Alfons’ Worte: Erst wenn sich viel, viel mehr Leute gegen die Fürsten und Herren wehren, kann sich etwas ändern. Und wieder schwor er im Stillen, sich zu wehren, sobald er alt genug dafür war.

Die Hauptsache

Am nächsten Tag marschierten sie schon im Morgengrauen los. Ein kalter Wind pfiff ihnen entgegen und machte das Gehen mühsam. Um die Mittagszeit mussten sie einen steilen Anstieg bewältigen. Etliche klagten, sie könnten nicht mehr weiter. Da erinnerte Xaver sie an die Wölfe, mit denen er auf dem Hinweg dafür gesorgt hatte, dass niemand schlappmachte. Auch wenn ihm nicht mehr alle glaubten, strengten sie sich an, nicht zurückzubleiben. Denn ganz sicher konnte keiner sein, dass es hier nicht doch Wölfe gab.

Nach einer kurzen Rast im Schutz einer Berghütte ging es nur noch abwärts und Galtür entgegen.

„Ich muss ganz dringend", sagte Bonifaz da leise zu Jakob, stapfte einige Schritte seitwärts – und war plötzlich weg.

„He, Boni, pass auf!", rief Jakob und lauschte. Doch weder hörte noch sah er etwas von seinem Kameraden. „Boni, wo bist du denn?"

„Was ist los?", fragte Johannes.

„Eben stand Boni noch dort drüben und jetzt ist er verschwunden", antwortete Jakob, der nicht fassen konnte, was gerade geschehen war.

Johannes folgte Bonifaz' Spuren und blieb erschrocken stehen. Vor ihm im Schnee klaffte eine tiefe Spalte. Er beugte sich vor und rief: „Boni, hörst du mich?"

Keine Antwort.

„Sepp! Komm schnell!“, schrie Jakob. „Bonifaz ist abgestürzt!“

Josef Gruber kam mit großen Sätzen angesprungen, was lustig ausgesehen hätte, wenn die Lage nicht so ernst gewesen wäre.

„Bonifaz ist abgestürzt!“, wiederholte Jakob.

„Himmelherrgott!“, fluchte der Mesmer. „Jetzt, wo wir fast daheim sind!“

Inzwischen hatten alle Kinder mitbekommen, dass etwas passiert war, und kamen näher.

„Zurück!“, rief Josef Gruber.

In diesem Augenblick war aus der Spalte ein klägliches „Hilfe!“ zu vernehmen.

„Er lebt“, sagte Josef Gruber erleichtert und trat vorsichtig an den Rand der Spalte. „Bonifaz, hörst du mich?“

„Ja.“

„Bist du verletzt?“

„Der Kopf tut mir weh und der Fuß“, kam die weinerliche Antwort.

Josef Gruber überlegte. „Ich binde am Seilende eine Schlaufe und lasse sie zu dir hinab!“, rief er nach unten. „Du stellst den gesunden Fuß hinein und hältst dich mit den Händen am Seil gut fest. Dann ziehen wir dich langsam hoch. Hast du das verstanden?“

„Ja.“

Der Mesmer holte das Seil aus dem Rucksack, band mit einiger Mühe eine starke Schlaufe und warf sie in die Spalte.

„Hast du das Seil?“

„Nein, ich seh nichts, es ist so dunkel.“ Von unten war Schluchzen zu hören.

„Keine Angst, wir holen dich rauf!“ Josef Gruber ruckelte am Seil, ließ noch etwa einen Meter hinab und ruckelte wieder.

„Jetzt hab ich etwas am Kopf gemerkt!“, rief Bonifaz.

„Du musst es festhalten!“

„Ich hab’s!“

„Dann mach alles, wie ich es dir gesagt habe!“ Josef Gruber wartete. „Bist du so weit?“

„Ja!“

„Gut festhalten! Wir ziehen dich jetzt hoch!“ Er schaute sich nach Ludwig und Franz um. „Helft mir!“

Vorsichtig zogen sie das Seil aus der Spalte.

„Au!“, kam es von unten.

„Nicht loslassen!“, warnte Josef Gruber. „Auch wenn du irgendwo anstößt!“

Kurz danach tauchte Bonifaz’ verweintes Gesicht auf und Sekunden später hatten sie es geschafft: Er saß im Schnee.

Josef Gruber half ihm auf die Beine und fragte: „Kannst du gehen?“

Bonifaz machte ein paar Schritte, was er leicht humpelnd schaffte. Der Schreck war wohl schlimmer gewesen als die Verletzung.

„Das sieht doch ganz gut aus“, meinte Josef Gruber. „Und was ist mit deinem Kopf?“

„Der brummt.“

„Solang er brummt, ist er noch dran“, versuchte Josef Gruber Bonifaz aufzumuntern. „Los, wir müssen weiter. Und keiner verlässt mehr den Weg. Ist das klar?“

Ohne weitere Zwischenfälle erreichten sie ihr Ziel. Als die Kinder den Kirchturm von Galtür erblickten, wurden ihre Schritte schneller, obwohl sie von dem langen Marsch erschöpft waren.

Vor einem der ersten Häuser blieb Anna stehen. Jakob stellte sich neben sie und schaute ihr in die Augen, wobei ihm wieder ganz warm im Bauch wurde.

„Ich bin da“, sagte sie.

Jakob nickte. „Ich weiß.“

Anna lächelte. „Bis morgen.“

„Bis morgen.“

„Jakob, komm!“, rief Kilian.

Er lief seinem Bruder hinterher. Wenig später betraten beide das Elternhaus.

„Jakob! Kilian!“ Hermine Ambross ließ das Messer und die Kartoffel, die sie gerade schälte, auf den Tisch fallen, sprang auf, dass der Stuhl nach hinten kippte, sank auf die Knie und drückte beide fest an sich. Dann beugte sie sich zurück und schaute ihre Buben aus verweinten Augen an. „Dass ich euch endlich wiederhabe!“, murmelte sie.

Auch den Buben standen Tränen in den Augen.

„Geh in den Stall und sag dem Vater und Theresia, dass sie da sind“, sagte die Mutter zu Vroni, die mit dem kleinen Johannes auf dem Boden saß und ihre großen Brüder wortlos anstarrte. Als sie aufstand, fing Johannes an zu greinen. Und Sekunden später plärrte es aus einer anderen Ecke. Jakob drehte den Kopf und entdeckte den Stubenwagen. Er machte sich los, wischte die Tränen weg, ging hinüber und schaute hinein. Ein Winzling mit einem vom Plärren roten Kopf lag drin. Jetzt sind wir sechs, dachte Jakob und konnte sich nicht darüber freuen.

„Lass mich auch mal gucken", sagte Kilian und drängte Jakob weg.

„Das ist Vinzenz, euer neuer Bruder", sagte die Mutter. „Ich nehm ihn mal raus, dass er nicht mehr so schreit."

Sie hob ihn aus dem Wagen und wiegte ihn in den Armen, um ihn zu beruhigen.

Franz Ambross kam herein und umarmte seine Söhne. Kilian wollte ihm gleich von seinen Erlebnissen erzählen, am liebsten alles auf einmal.

„Langsam, langsam!", bremste ihn der Vater. „Das hat Zeit. Jetzt freu ich mich erst mal, dass ihr wieder da seid."

Jakob wäre beinahe die Frage herausgerutscht: Warum hast du uns dann weggeschickt?

Franz Ambross schaute seinen Ältesten an. „Alles in Ordnung?"

Er nickte nur.

„Ihr steht ja noch mit den Rucksäcken da", stellte der Vater fest und nahm sie ihnen ab. „Oh, deiner ist ziemlich schwer", sagte er zu Jakob. „Was ist denn da drin?"

Jakob öffnete ihn, zog die neuen und alten Kleidungsstücke heraus und legte sie auf einen Stuhl. Die Schuhe stellte er auf den Boden. Dann kippte er den Rest auf den Tisch. Ein großer und drei kleinere Klumpen polterten heraus, alle dick in Zeitungspapier eingewickelt.

„Was ist das?", fragte Kilian.

„Weiß nicht", antwortete Jakob. „Der Bauer hat gesagt, das sei für daheim."

„Pack's aus!"

Jakob riss das Papier vom großen Päckchen weg, und zum Vorschein kam ein Stück Selchfleisch, das ihm schon beim Anschauen das Wasser im Mund zusammenlaufen ließ. Die drei kleineren Päckchen enthielten verschiedene geräucherte Würste.

„Das ist eine schöne Überraschung", sagte der Vater.

Zum Schluss legte Jakob noch die fünfzehn Gulden Lohn auf den Tisch.

Kilian legte seine acht Gulden daneben und brummte: „Der hat viel mehr als ich!"

„Jakob ist eben älter und größer als du", sagte der Vater. „Deswegen hat er mehr bekommen."

„Aber ich hab auch viel arbeiten müssen. Sogar am Sonntag, und da hatte er frei."

Franz Ambross zuckte mit den Schultern. „Tja, ich finde acht Gulden für dich auch wenig; zehn hätten es schon sein dürfen. Aber das ist jetzt nicht mehr zu ändern."

Auch Kilians neues Häs war nicht von so guter Qualität wie das von Jakob. Und die Schuhe ebenfalls nicht, das sahen die Eltern sofort. Doch das verschwiegen sie.

Stattdessen sagte der Vater: „Ihr habt bestimmt Hunger. Wir brauchen nicht mehr lang im Stall, dann essen wir, und ihr müsst erzählen, wie es war."

Er ging mit Theresia zurück in den Stall. Jakob und Kilian zogen die Stiefel und das neue Häs aus und ihre alten Sachen an.

Eine halbe Stunde später saßen bis auf den kleinen Vinzenz alle am Tisch. Der Vater sprach ein Gebet und fügte hinzu: „Wir danken dir, dass du Jakob und Kilian im Schwabenland behütet und gesund zurückgebracht hast. Amen."

Behütet! Jakob musste an Hermann, den Huber-Bauer und an den Rohrmoser denken. Wer hat uns vor denen behütet?

„Jakob", sagte die Mutter, die schon in der kurzen Zeit bemerkte, dass ihr Ältester sich verändert hatte, „hast du keinen Hunger?"

„Doch."

Nun aß auch er von den gerösteten Kartoffeln, zu denen Hermine Ambross zur Feier des Tages gleich ein paar Streifen von dem Selchfleisch in die Pfanne gelegt hatte. Es duftete und schmeckte köstlich.

Als der Tisch abgeräumt war, berichteten Jakob und Kilian abwechselnd von ihrem Leben im Schwabenland. Der Mutter kamen immer wieder Tränen, obwohl Jakob seine schlimmsten Erlebnisse noch für sich behielt.

„Hört sich so an, als hättest du es ganz gut erwischt", sagte der Vater zu Jakob. „Und wenn ich dich anschaue, siehst du auch so aus."

„Ich will trotzdem nicht mehr ins Schwabenland“, erwiderte er. „Nie mehr!“

„Ich auch nicht“, sagte Kilian. „Da ist es nicht schön.“

„Jetzt seid ihr ja wieder hier, das ist die Hauptsache“, wich der Vater aus.

Jakob schaute ihn an und nickte langsam. „Ja, das ist die Hauptsache!“

Und seine Mutter begriff, dass er diese Worte sehr ernst meinte.

Nachwort

Die Geschichte von Jakob, Kilian und den anderen Kindern ist erfunden und trotzdem ist sie wahr. Denn viele Tausend Bergbauernkinder aus dem Alpenraum, aus Vorarlberg, Tirol, Südtirol und Graubünden, haben Ähnliches erlebt.

Das sogenannte „Schwabengehen" begann vor etwa vierhundert Jahren, weil die geringen Bodenerträge in den genannten Regionen nicht ausreichten, um alle in den kinderreichen Familien zu ernähren. Die Armut trieb Eltern dazu, eines oder mehrere ihrer Kinder auf den weiten Weg ins Ausland, ins wohlhabende Oberschwaben, zu schicken, damit zu Hause weniger Esser am Tisch saßen. Auf den Bauernhöfen in der Fremde mussten die Kinder von März bis Oktober arbeiten, und wenn sie Glück hatten, konnten sie sich jeden Tag satt essen.

In ihrer Heimat wurden die sogenannten „Schwabenkinder" dazu von der Schulpflicht befreit, und am Zielort, im Land Württemberg, galt die seit 1836 bestehende Schulpflicht nicht für ausländische Kinder. Die Bauern wollten ja billige Arbeitskräfte und nicht Kinder, die in die Schule gehen, um etwas zu lernen.

Im 19. Jahrhundert erlebte das Schwabengehen seinen Höhepunkt. Damals arbeiteten jährlich fünf- bis sechstausend Schwabenkinder im Alter zwischen sechs und vierzehn Jahren als Hütejungen und Mägde in der Fremde.

Ursprünglich zogen die Kinder in Oberschwaben von Hof zu Hof, um einen Platz zu finden. Doch mit der Zeit entwickelten sich in Ravensburg, Friedrichshafen und einigen anderen Städten zu Josephi (am 19. März) regelrechte Kindermärkte, wo die Bauern aus der Umgebung ihre Hütekinder aussuchten. Ende Oktober oder an Martini (11. November) war der Dienst beendet und die Kinder durften wieder nach Hause. Sie bekamen das sogenannte „Doppelt Häs“ (einen zweifachen Satz Kleidung von der Kopfbedeckung bis zum Schuhwerk) und den ausgehandelten Lohn mit auf den Weg.

Die Kindermärkte wurden 1915 abgeschafft, das Schwabengehen nahm jedoch erst 1921 rapide ab, nachdem in Württemberg die Schulpflicht für ausländische Kinder eingeführt worden war. Trotzdem machten sich auch in den folgenden Jahren noch Kinder zum Arbeiten auf den Weg nach Schwaben, die letzten um 1950.

Die Zeit der Schwabenkinder ist vorbei, aber nicht die Zeit der Kinderarbeit. Auch heute müssen viele Kinder arbeiten, damit sie und ihre Familien überleben können. Die meisten von ihnen leben allerdings nicht in Europa, sondern in Asien, Afrika und Lateinamerika. Dort haben Millionen Kinder keine Chance auf Bildung und auf ein menschenwürdiges Leben. Den meisten geht es noch viel schlechter als den Schwabenkindern.

Mehr Informationen zu den „Schwabenkindern“ auf *www.schwabenkinder.eu*

Ravensburger Bücher

Eine Reise in die Vergangenheit

Karen Levine/Mirjam Pressler

Hanas Koffer

Ein Koffer mit der Aufschrift „Hana Brady, Waisenkind" fasziniert die jüngsten Besucher des Holocaustmuseums in Tokio. Sie wollen mehr über Hana wissen. Also begibt sich die Museumsleiterin auf eine Reise in die Vergangenheit. Sie findet Fotos und Zeichnungen von Hana und begegnet schließlich Hanas Bruder. So erfahren die Kinder, wie Hana aussah, was sie gerne spielte, wer ihre Eltern waren – und wie ihr junges Leben ausgelöscht wurde. In der Erinnerung dieser Kinder – und der Leser – wird Hana lebendig bleiben.

ISBN 978-3-473-**52308**-5

www.ravensburger.de

Ravensburger

RTB_15_006